KiWi

Paperback

KiWi

793

Der Vogel ist ein Rabe

Benjamin Lebert

Der Vogel ist ein Rabe

Roman

Kiepenheuer & Witsch

Die Handlung und die Personen dieser Geschichte
sind frei erfunden.
Jede Ähnlichkeit mit lebenden oder verstorbenen Personen
ist unbeabsichtigt. Auch das in der Geschichte vorkommende
Bel ami ist erfunden. Das wirklich existierende *Bel ami*
in der Flatowallee in Berlin ist in jeder Hinsicht unschuldig.

Originalausgabe

1. Auflage 2003

Umschlaggestaltung: Barbara Thoben, Köln
Umschlagfoto: © photonica/Hitoshi Murata
Gesetzt aus der Stempel Garamond
Satz: Kalle Giese, Overath
Druck und Bindearbeiten: Clausen & Bosse, Leck
ISBN 3-462-03336-0

Für Lillemor Malin Brandt

Das Abitur machte ich in München. Danach, mit zwanzig, zog ich nach Berlin, um Ethnologie zu studieren. Ich wohnte dort in einer Wohngemeinschaft in Schöneberg, zusammen mit zwei weiteren Studenten. Ein Junge namens Randall. Und ein Mädchen namens Sofia. Ich verbrachte kaum Zeit mit studieren. Mir war alles eigentlich ziemlich egal. Ich lief durch die Stadt. Ich ging in Cafés und Clubs. Ich begegnete Leuten, die das Gleiche taten. Die meisten von ihnen waren auch von irgendwoher nach Berlin gekommen. Eigentlich alle. Und alle wollten hier von irgendetwas gefunden werden. Natürlich wussten sie, dass sie auch selbst suchen gehen mussten. Und das taten sie teilweise. Aber sie wollten vor allem gefunden werden.

Es ist Freitagabend, 22:26 Uhr, der vierte Januar. Ich stehe am Gleis 18 des Münchener Hauptbahnhofs. Neben mir auf dem Boden: meine grüne Reisetasche. Es ist bitterkalt. Der Wind rasiert einem die Wangen. Vereinzelte Tauben flattern durch die Gegend, eine davon landet auf den Schienen. Die Bahnhofshalle ist hell erleuchtet. Es sind nicht viele Leute da. Ein paar Meter von mir entfernt steht eine ältere Frau in einem schwarzen Mantel, sie trägt einen weißen Hut mit Ohrenklappen. Sie läuft hin und her, den linken Arm vor der Brust angewinkelt, in der rechten Hand ein Telefon, auf dessen Tasten sie mit dem Daumen herumdrückt. Weitere vereinzelte Gestalten. Der Zug hat jetzt sechs Minuten Verspätung. Es ist der Zug, der mich nach einem kurzen Besuch bei meinen Eltern wieder nach Berlin bringen wird. Dahin, wo es leuchtet. Das hat man zumindest zu einer bestimmten Zeit gehört. Von allen Seiten. Von den ganzen Typen, die von Berlin geschwärmt haben: ... du musst unbedingt dahin. Es ist wahnsinnig dort. Die Stadt, ich weiß nicht. Es bewegt sich alles. Flirrt. Die Luft ist keine Luft. Sie enthält Goldstaub. Man atmet Goldstaub, hörst du? Und die Mädchen! Sie sind unfassbar! Egal ob sie schon immer da waren oder erst vor kurzem gekommen sind. Man merkt, dass sie schon tierisch viel Goldstaub eingeatmet haben.

Aber das alles stimmte nicht wirklich. Ich meine, die Mädchen, die mir in Berlin über den Weg liefen, die meisten, waren tatsächlich unfassbar. Jedoch atmeten sie keinen Goldstaub. Die Luft, die sie durch ihre wunderschönen Nasen einsogen, war Sehnsucht. Und das war nicht nur bei den Mädchen so.

Ich starre auf die Anzeigetafel. 22:29 Uhr. Es kann nicht mehr lange dauern. Ich muss an die drei Tage zurückdenken, die ich nun in München verbracht habe. Muss an meine Mutter denken. Sie ist Ärztin. Jeden Abend, wenn ich bei meinen Eltern übernachte, stellt sie mir ein weißes Schälchen mit geschnittenen Kiwi-Scheiben auf das Nachtkästchen. Das hat sie früher schon getan. Und jetzt nervt es mich. Aber in Berlin muss ich trotzdem daran denken. Wenn ich zum Beispiel in einem Club bin und die ganzen Leute sehe, die wie ich in die Stadt gekommen sind und wie wild tanzen. Alle mit diesem wartenden Blick in den Augen. Der sogar in dem dunklen Clublicht zu erkennen ist. Im Dunkeln vielleicht sogar erst richtig gut zu erkennen ist. Wie reflektierende Katzenaugen. Und ich frage mich dann, ob sie irgendwo jemanden haben, der ihnen, egal was passiert, noch immer geschnittene Kiwi-Scheiben auf das Nachtkästchen stellt.

Der Lautsprecher sagt den Zug an, er fährt ein. Die Räder schleifen im Geleise. Als ich einsteige, wird mir übel und ich habe das Gefühl, ich falle rückwärts auf den Bahnsteig zurück. Aber ich falle nicht. Die Reisetasche habe ich mir über die Schulter gehängt. Ich zwänge mich durch den Gang. An zwei Mädchen vorbei, die mir nur widerstrebend Platz machen. Die eine kaut Kaugummi. Wo ist der Schlafwagen? Meine Abteilnummer ist 39. Ich muss ziemlich lang laufen. Ich muss auch noch durch den Speisewagen durch. Er ist ziemlich voll. Blauer Zigarettenrauch steht über den Tischen. Stimmen und Gelächter. Unter den Füßen spüre ich, dass der Zug wieder angefahren ist. Endlich: die Nummer 39.

Ein Schlüssel in Form einer weißen Karte steckt in der Tür. Ich schließe auf. Das zweite Bett ist noch leer. Meines ist das untere. Es ist sehr eng hier drin. Auf einem Wandbord liegen zwei Bananen, zwei Äpfel. Zwei umgedrehte Wassergläser und noch zwei Wasserfläschchen sind da. Vorm Fenster: ein zugezogener, grauer Vorhang mit violetten Punkten. Die Tür zur Nasszelle ist schmal. Eine Dusche, ein Klo, ein kleines Waschbecken. Alles in allem sind die Farben in dem Abteil grau und violett. Es riecht irgendwie nach Plastik, nicht nach frischer Luft. Nicht nach Luft, die sich in ungefähr neun Stunden bei der Ankunft in Berlin in Goldstaub verwandeln wird. Ich hänge meinen braunen Mantel an einen Kleiderhaken. Setze mich auf mein Bett. Weiß nicht recht, ob ich mich ausziehen soll. Oder warten, bis der andere kommt. Die Geräusche aus dem Nebenabteil sind gut zu hören. Eine Frauenstimme sagt: Ich will nicht mehr, ich kann nicht mehr.

Als ich das letzte Mal im Schlafwagen gefahren bin, hatte ich im oberen Bett so einen alten Typen, der ständig runtergerufen hat, ich solle doch raufkommen und mit ihm bumsen. Auf so was hatte ich damals keinen Bock. Und jetzt auch nicht. Und deshalb bin ich gespannt, wer dieses Mal wohl reinkommt. Es klopft. Ich öffne. Mein Abteilgenosse ist ein junger Mann, ungefähr in meinem Alter. Er ist klein und zierlich, hat kurzes, braunes Haar und einen schwarzen Rucksack, den er gleich neben meiner Tasche abstellt. Bei seinen Bewegungen, wie er das Gewicht von einem Bein auf das andere verlagert und seinen Kopf schnell vor- und zurückstößt, denke ich sofort: ein Vogel.

»Hey!«, sagt er.

»Hallo«, sage ich. Wir lachen uns an.

»Gehen wir noch in den Speisewagen?«

»Okay, gehen wir in den Speisewagen.«

Eigentlich habe ich keinen Hunger, aber so ein wenig reden vorm Schlafengehen tut mir, glaube ich, ganz gut.

Im Speisewagen wird gerade ein kleiner Tisch frei. Was trinken wir? Er bestellt einen Apfelsaft, ich ein Bier. Draußen ist es schwarz. Nichts zu sehen von der Landschaft. Außer ein paar Lichtern. Unsere Gesichter spiegeln sich in den Fensterscheiben. Die Getränke kommen. Auf dem Tisch brennt eine kleine gemütliche Lampe. Er möchte noch Spiegeleier und Spinat essen.

»Ich habe tierischen Hunger!«, sagt er. »Übrigens, ich bin der Henry.«

»Ich heiße Paul.«

Der Zug fährt in eine Kurve, die Kellnerin balanciert ihr Tablett an uns vorbei. Liegt es an dem monotonen Dam-Dam der Räder, dass diese merkwürdige Stimmung aufkommt? Eine anonyme Vertraulichkeit. So, als träfen sich zwei unbekannte Wanderer an einem Fluss. Sie setzen sich gemeinsam hin. Sie kennen sich nicht. Alles, was sie miteinander verbindet, ist der Fluss.

»Ich muss nach Berlin«, sagt Henry. »Ich habe gar keine andere Wahl.« Seine Spiegeleier kommen. Ich habe noch nie einen Menschen so schnell zwei Spiegeleier mit Spinat verputzen sehen. Er wischt sich mit der Serviette den Mund ab und sieht mich an.

»Du hast da einen braunen Punkt im Auge. Im Weißen. Was ist das?«

»Meine Mutter hat ihn auch schon entdeckt und

mich drauf angesprochen. Keine Ahnung, was der soll. Hab ihn erst seit drei Tagen.«

Er sitzt eine Zeit lang da, als schliefe er mit offenen Augen. Gerade, als ich fragen will, wann er das letzte Mal was gegessen hat, fängt er an zu erzählen: »Ich hatte zwei Freunde. Es waren meine einzigen Freunde. Wir hielten zusammen. Wenn ich mit den beiden unterwegs war, hatte ich keine Angst. Sie hießen Jens und Christine. Sie waren beide älter als ich. Jens dreiundzwanzig und Christine achtundzwanzig. Ich bin achtzehn. Wir werden jetzt nicht mehr zusammen sein. Nie wieder.«

Einen Moment lang herrscht Schweigen.

»Stört es dich, wenn ich rauche?«, fragt er. Er wartet meine Antwort nicht ab. Zieht eine Zigarette aus dem Marlboro-Päckchen und reicht mir auch eine. Gibt uns beiden Feuer. Ein paar beleuchtete Häuser wischen an unserem Fenster vorüber. Dann ist es wieder schwarz.

»Ich kann es nicht begreifen«, fährt Henry fort. Ich verstehe nicht, wie das alles kam. Darum muss ich mit jemandem darüber reden. Wenn ich mit jemandem darüber rede, wird alles noch einmal da sein. Und ich werde es einsehen. Die Erinnerung ist so verdammt wichtig. Weil man sich an die Dinge erst einmal erinnern muss, bevor man mit ihnen fertig werden kann. Ich muss es nur noch einmal ...« Er bricht ab. »Verstehst du?«, fragt er nach einer Weile.

»Ja, schon«, entgegne ich. Und füge vorsichtig hinzu: »Es ist nicht schwierig, das zu verstehen.«

»Nichts ist zu verstehen«, erwidert er lautstark. Plötzlich brennt ein heftiges Feuer in seinen Augen. »Ich meine, ich habe keine Ahnung, wie es ihr geht. Und ich weiß auch nicht, ob ich sie überhaupt jemals wieder sehen werde. Nach allem, was passiert ist.«

Der Zug hält in einem erleuchteten Bahnhof. Ein Reisender kommt herein, setzt sich an einen Tisch und will Kaffee bestellen. Die Kellnerin sagt: »Wir bedienen jetzt nicht mehr.« Was den Reisenden zornig werden lässt. Sie interessiert sich nicht dafür. Sie kommt an unseren Tisch und sagt: »Ich muss jetzt kassieren.«

Es ist mir gar nicht aufgefallen, dass sich das Restaurant inzwischen geleert hat.

»Zusammen?«

»Ja«, sagt Henry und legt sein Portemonnaie auf den Tisch.

»17 Euro oder 34 Mark.«

Er hat seinen Apfelsaft nicht angerührt. Wir gehen in unser Abteil zurück. Wir liegen auf unseren

Betten. Das Licht ist aus. Ich habe außerdem den Vorhang vorm Fenster zurückgeschoben. Vorüberfliegende Schwärze. Wie ein riesiger Schwarm dunkler Insekten. Der fahrende Zug spielt dazu seine Musik. »Ich hasse die Dunkelheit«, sagt Henry. »Das hört sich jetzt vielleicht komisch an. Aber die Dunkelheit beleuchtet bei mir immer die schrecklichen Dinge.« Er zögert einen Augenblick. Dann hört er nicht mehr auf zu reden.

»Ich weiß nicht, wie das bei dir ist, mein großes Problem sind die Mädchen. Ich wollte immer mit einem Mädchen zusammen sein. Und ich hab' es nie geschafft. Am schlimmsten waren diese ganzen Schulbälle. Wie ich sie beobachtet habe, wie sie getanzt haben. Aber nicht mit mir. Bei ganz vielen sind die Spaghettiträger immer runtergerutscht, und ihre bescheuerten Tanzpartner haben sie mit einem verschmitzten Lächeln wieder hochgeschoben. Ich hätte mir nichts sehnlicher gewünscht, als einmal einem Mädchen die Spaghettiträger über die Schulter zu schieben. Aber es kam nie dazu. Und die Mädchen sahen alle so toll aus. Als ob sie leuchten würden. Und ihr Geruch war, als wären sie kurz bevor sie auf den Ball kamen, in einem anderen

Universum, in einer anderen Welt, auf einer zauberhaft duftenden Wiese gelegen. Ich stand immer da und war dem allem so fern. Und das, obwohl ich körperlich so nah war. Die Leute im Tanzsaal wurden von einer unsichtbaren Blase umgeben. Und ich stand draußen. Das ist ein wenig seltsam, wenn man darüber nachdenkt. Ich hätte zu einem der Mädchen gehen können, um sie beispielsweise am Rücken zu berühren. Aber ich hätte dann nie den Rücken wirklich berührt. Sondern nur die Blase, verstehst du? Ich wusste auch, dass ich nicht gut tanzen konnte. Auf solchen Bällen konnte ich nur eines gut. Das, was ich sonst auch am besten konnte: scheißen. Ich bekam regelmäßig tierischen Durchfall. Ich rannte dann auf die Toilette und schiss mir meine Seele raus. Ich krümmte mich. Ich schwitzte so sehr, dass meine Klamotten an der Haut festklebten und ich die Unterhose erst gar nicht runterziehen konnte. Und bei allem, was dann raus kam – die Traurigkeit schiss ich mir nicht raus. Außerdem wurde ich zornig auf die Mädchen. Ich sah sie vor mir, tanzend und blöd kichernd, während die Arme ihrer verdammten Tanzpartner sie umschlingen und Brüste quetschen. Ich dachte, die Mädchen sind gar nicht die wunderbaren Geschöpfe, so wie ich sie mir vorstelle, so zart und feinfühlig und weich und verletzlich. Um die man sich immer gut kümmern muss und alles. Die Mädchen sind Bastarde. Die genau wissen, was sie einem antun.«

Ich höre, wie das Bett über mir knarrt. Und dann wieder seine Stimme: »Christine war dann die Erste. Die Erste, in die ich mich wirklich verliebt habe. Eigentlich bin ich verwandt mit ihr. So über sechs Ecken. Und deshalb kenne ich sie seit meiner Kindheit. Sie wohnte in Belgien. Bei Familienfesten oder in den Ferien haben wir uns manchmal gesehen. Ich erinnere mich, dass sie wahnsinnig arrogant mir gegenüber war, dass sie immer nur in der Sonne lag mit angehobenem Kinn, als balanciere sie damit irgendwas. Und nie spielte sie mit mir Fußball im Garten. Im Gegensatz zu ihrem kleinen Bruder, den ich deshalb viel netter fand. Bis sie eines Tages bei meiner Großmutter in München einzog. Da war sie vielleicht sechsundzwanzig. Und krank. Ich wohnte zusammen mit meiner Mom auch in München. Die Großmutter ist die Mutter meiner Mutter. Ich war oft bei meiner Großmutter. Sie wohnte am Stadtrand. Wir gingen zusammen spazieren. Sie erzählte mir von Tagen, die schon lange vergangen waren. Und die sich schon weit oben am Himmel, versteckt und unsichtbar, zwischen funkelnden Sternen befanden. Und durchs Erzählen erst wieder hergeholt werden mussten. Das konnte meine Großmutter gut. Dieses Geschichten-von-irgendwo-Herholen. Als Christine kam, war ich noch öfter bei ihr. Ich übernachtete manchmal dort. Ich wusste nicht, was sie hatte. Sie war sehr blass, redete wenig, hatte einen abwesenden Gesichtsausdruck. Der gehörte, wie ich später erfuhr, zu ihrer Krankheit. Sie hatte dieses Gekichere nicht, was ich bei Mädchen nicht ausstehen konnte, sie saß immer nur in einem Sessel mit nackten Füßen oder lag auf dem Sofa mit nackten Füßen. Ihre Füße waren winzig. Ich beobachtete sie. Sie sahen nicht aus wie Füße, mit denen man rumläuft. Die Haut auf der Sohle war ganz zart. Wie überall an ihrem Körper. Christines Körper war makellos. Lange, schmale Beine, schmale Arme, ein kleiner Busen, unter ihrem T-Shirt zeichneten sich die Brustwarzen ab. Sie trug nie einen BH. Warte, ich muss noch sagen, dass ihre Haut einen goldenen Schimmer hatte. Und ihre langen Haare waren braun. Sie schlief im ausgebauten Dachgeschoss in einem blauen Bett. Ich schlief im Wohnzimmer auf der Couch, wenn ich abends nicht heimfuhr. Einmal, das musst du dir mal vorstellen, bin ich nachts die Treppe hinaufgegangen und habe mich auf die oberste Stufe gesetzt, fünf Stunden lang. Nur damit ich in ihrer Nähe sein konnte, das musst du dir vorstellen.« Henry räuspert sich. Plötzlich lenkt er das Gespräch in eine ganz andere Richtung: »Wir sind also unterwegs nach Berlin. Schön. Erzähl mir von dieser Stadt! Was macht Berlin denn so?«

»Was?«

»Ich würde gerne etwas über Berlin erfahren. Kannst du nicht ein bisschen erzählen?«

»Warum?«

»Weil es was anderes ist eben. Kurz was anderes, bitte! Also Berlin.« Ich überlege. Ich habe gar nicht damit gerechnet, dass ich auf einmal etwas sagen muss. Und ich habe auch gar keine Lust, etwas zu sagen. Ich merke, wie schwer die Worte herauskommen. »Kurz was anderes«, wiederhole ich. »Berlin. Diese Stadt kaut an einem. Das fällt mir dazu ein. Beißt einem buchstäblich Körperteile ab. Wirklich. Wenn du auf den Straßen herumläufst, egal wo, siehst du rechts und links immer wieder Leute liegen, denen die Stadt zum Beispiel einen Fuß abgebissen hat. Oder eine Hand. Irgendwann werden sie ganz gefressen. Und auch wenn manche noch nicht gefressen wurden, jeder wurde zumindest voll gesabbert. Lauter von Berlin voll gesabberte Leute marschieren durch die Gegend. Und du bist einer von ihnen. Und während du marschierst, hast du das Gefühl, du bist auf einer Wanderung. So sehr schmerzen deine Beine. Die Farbe der Stadt ist für mich grau. Und der Himmel ist fast immer weiß. Wie ein widerliches, weißes, versifftes Leintuch, das über die Dächer gespannt wird. Das macht einen fertig.«

»Wunderbar!«, entgegnet Henry. »Gute Voraussetzungen. So warm und funkelnd und hell wie sich dein Bericht anhört, muss ich einfach ankommen und mich fallen lassen.«

»Es ist aber leider so«, sage ich. »Die Stadt ist für mich so.

Und die Menschen …«

»Was ist mit denen?«

»Sie machen lauter bescheuerte Dinge.«

Ein paar Herzschläge lang herrscht Ruhe. Schließlich spricht er wieder: »Weißt du, natürlich machen die Menschen lauter bescheuerte Dinge, allgemein, meine ich. Und sie sind widerlich und alles. Aber sie sind auch irgendwie herzzerreißend. Sie wissen, dass sie eines Tages sterben werden. Sie haben keine Ahnung, was danach mit ihnen geschieht. Sie wissen nicht, ob sie allein sind in dem unendlichen Universum oder ob sie überhaupt jemand sieht, der sich denkt: die waren aber tapfer heute! Sie wissen nicht einmal, ob sie für irgendetwas vorgesehen sind oder ihre Existenz nur ein Zufall, Unfall und so weiter ist. Und trotzdem versuchen sie sich zum Beispiel über eine Tasse Tee zu freuen oder sie erzählen sich Geschichten in einem Nachtzug. Oder sie reisen, wenn sie Sommerferien haben, von einer Seite ihrer im Verhältnis zum Universum winzigen Erdkugel zur anderen, wo sie sich an den Strand legen und versuchen dort dann glücklich zu sein.«

»Ja«, entgegne ich. »Sie versuchen es. Macht dir der Zug ein gutes Gefühl?«

»Der Zug bringt mich an einen neuen Ort«, sagt Henry. Mehr zu sich selbst als zu mir. Und nach einer Weile fragt er: »Wie lange dauert es, bis man von Berlin voll gesabbert wird?«

Ich bin mit dem Lastwagen nach Berlin gekommen. Hinten drin mein Bett, meine Klamotten, mein Schreibtisch, meine CDs. Vorne am Steuer: mein Vater. Er fand, den ersten eigenen Umzug im Leben muss man richtig erleben. Muss man selber machen. Und er hatte den Wagen gemietet. Der war viel zu groß. Damit hätte der Tierpark Hellabrunn umziehen können. Vielleicht wollte mein Vater nur mal wieder beweisen, dass er den Lastwagenführerschein hat. Es war Sommer. Es war heiß. Ich sehe ihn noch vor mir, wie die Schweißperlen an seinen Schläfen hingen.

In zwei Wochen, hat er gesagt, ist er in Berlin und will mich besuchen. In zwei Wochen. Er ist jemand, der die Dinge in die Hand nimmt. Zangen, Bohrmaschinen, Squashschläger, Sylvesterraketen. Er will der WG eine neue Waschmaschine spendieren. Und sie gleich anschließen.

Wenn irgendetwas schief läuft im Leben und er nichts machen kann, zum Beispiel als sein jüngerer Bruder gestorben ist, dann bewegt er sich nicht mehr und wird immer ganz still.

Henry sagt: »Magersucht ist eine ganz komische Krankheit. Die habe ich vorher überhaupt nicht gekannt. Man isst einfach nichts. Man wird immer dünner und immer dünner, bis man stirbt. Christine hatte diese Krankheit. Als sie in Brüssel alleine lebte, ist das losgegangen. Am Anfang fiel das nicht weiter auf. Sie war nur eines der vielen schönen, dünnen Mädchen. Ihre Eltern dachten anfangs, dass sie spinnt. Weil sie am Tisch saß und nur mit ihrer Gabel ein bisschen im Teller herumstocherte. Wenn sie ihre Eltern besuchte, hatte sie eine Flasche Sojaöl dabei. Wegen irgendwelcher Fettsäuren. Damit pinselte sie die Pfanne ein, in der sie ein winziges Putensteak briet. Und davon aß sie nur ein paar Bissen. Manchmal ging sie aufs Klo und spuckte auch diese Bissen wieder aus.«

»Warum macht ein Mensch so etwas?«, frage ich.

Henry sagt: »Es ist was Psychisches. Und wenn es nicht behandelt wird, sterben die, die daran leiden, tatsächlich. Christine kam in eine Klinik, in Bayern, in der Nähe meiner Großmutter. Ihre Eltern leben inzwischen bei Paris und waren völlig ratlos. Sie blieb drei Monate in der Klinik. Danach zog sie zu meiner Großmutter. Sie kannte außer uns niemanden in Deutschland. Aber sie wollte bleiben. Ein paar Wochen später hat sie mir die Klinik gezeigt. Wir fuhren mit dem Zug, es war ein wunderschöner, sonniger Tag, der Chiemsee glitzerte. Die Klinik sah schön aus, wie ein edler Bauernhof. Geranien an den Balkonen. Terrassen, ein Park. Wir übernachteten in einem kleinen Gasthof im Doppelbett. Stell dir das vor! Christine und ich im Doppelbett. Muss ich sagen, dass ich die ganze Nacht kein Auge zugetan habe? Ich habe ihre Atemzüge gezählt. Mein ganzer Körper fühlte sich so schwer an, dass mein Brustkorb sich kaum noch heben und senken konnte. Aber mein Herz atmete. Am nächsten Morgen hat sie mir beim Frühstück von Jens erzählt. Jens war auch in der Klinik, als sie dort war. Er war nicht magersüchtig, er war fettsüchtig. Kennst du den Namen für diese Krankheit? Adipositas heißt die. Auch was Psychisches. Die Klinik war allgemein für Leute mit Essstörungen, für furchtbar dünne und furchtbar fette, und für solche, die normal aßen und auch normal aussahen, aber sich nach jedem Essen den Finger in den Hals steckten, um zu kotzen. Das heißt Bulimie, und ist auch psychisch. Jens wohnte allein in München. Studierte Politologie und schrieb bereits an seiner Doktorarbeit, sagte Christine.

In einem Lokal in Schwabing lernte ich Jens dann eines Tages kennen. Es hat mich umgehauen, als ich ihn gesehen habe. Jens war riesig, und riesig fett. Er hatte ein rundes, platt gedrücktes, freundliches Gesicht mit vorgeschobenem Kinn, blaue Augen und kurzgeschnittenes, blondes Haar. Und er sagte, dass er in der Klinik schon 50 Pfund abgenommen hat, weil er nämlich noch viel dicker war. Ich konnte ihn sofort gut leiden. Wir waren in dem Lokal verabredet. Christine war noch nicht da. Jens trat vorsichtig an meinen Tisch und fragte mit hoher, belegter Stimme: ›Bist du der Henry?‹

Ich nickte. Er trug eine hellbraune, offene Lederjacke und ein rotblau kariertes Hemd über der hellen Jeans, XXL. Wir lächelten uns an. Er zog seine Lederjacke aus, hängte sie über den Stuhl und setzte sich hin.

›Das war klar, dass du wieder zu spät kommst, Schatzi!‹, sagte er zu Christine, als sie kam. Die beiden nannten sich immer Schatzi, Hasi, Mausi. Ursprünglich, weil sie Leute, die solche Kosenamen gebrauchten, furchtbar fanden und sie nachäffen wollten. Aber irgendwann wurde es zur Routine. Das Nachäffen war bald nicht mehr zu erkennen. Egal, wie scheiße es ihnen ging, sie badeten förmlich in einem Hasischatzimausi-See. Und das war genauso furchtbar, wie wenn andere sich darin badeten. Wenn nicht sogar noch schlimmer. Und ich habe mich gefragt, was sie an sich fanden. Er fett, sie schlank, er ungefähr zwei Meter groß, sie sehr zierlich, ihr haben alle nachgesehen, weil sie so hübsch war, und ihm auch, aber nicht, weil er so hübsch war. Und nichts deutete darauf hin, was für ein unheilvolles Gespann wir drei sein würden.«

Ich höre das Bremsen der Räder unter meinem Bett. Der Zug hält in einem Bahnhof. Wie eine Insel aus gelblichem Licht ist dieser Bahnhof. Das Licht fällt über meine Bettdecke. Es wäre beinahe gemütlich. Es hätte etwas Geborgenes. Wenn es in meinem Leben noch so etwas wie Gemütlichkeit und Geborgenheit gäbe. Ein einziger Mensch steigt aus und geht an den Fenstern entlang. Dann setzt sich der Zug wieder in Bewegung.

Henrys Bettdecke raschelt. Mit einem Zehnagel zieht er einen langen Strich quer über die Matratze, ein kratzender Laut. Ich glaube, jetzt hebt er den Kopf. Seine Stimme klingt klarer, fester. Die Worte sind nicht mehr so arg ins Kopfkissen geredet. Während er weiterspricht, hört man, wie er mit der flachen Hand das Kopfkissen reibt, als streichelte er seine eigene Seele.

»Jedenfalls saßen wir dann zu dritt zusammen. Jens trank eine Cola und aß einen riesigen Cheeseburger, den er mit seinen rosaroten Patschhänden festhielt und zusammenpresste, sodass die Soße immer wieder auf den Teller tropfte. Christine aß irgendeinen kleinen Salat. Ich weiß nur noch, wie sie sich die Serviette in den Schoß gelegt hat. Wie wahnsinnig toll das aussah. Die Bewegung. Wie ihre Hände die Serviette berührten. Und wie diese dann da lag. Auf ihren Oberschenkeln. Jens erzählte, wie er früher die Sommerferien verbracht hatte. Er sagte: ›In den Sommerferien bin ich immer in so ein Kurheim an der Ostsee gefahren, um abzunehmen. Jedes Jahr. Soweit ich zurückdenken kann. Und ich habe wirklich jedes Mal abgenommen. So um die fünfzehn Kilo. Aber das war nicht so wirklich effektiv, weil ich mir die dann danach wieder angefressen habe. Während ich in diesem verdammten Kurheim war, sind meine Eltern und meine Schwester immer irgendwohin in den Urlaub gefahren. Zum Beispiel nach Australien.‹ Er biss in seinen Cheeseburger. Als er den Bissen runtergeschluckt hatte, sagte er: ›Schon als ich geboren wurde, habe ich zehn Pfund und zweihundert Gramm gewogen.‹ Christine hatte sich eine Zigarette aus dem Päckchen gezogen, das auf dem Tisch lag. Sie blies das Streichholz aus und warf es in den Aschenbecher. Jens nahm sein Colaglas und hob es an den Mund, bis die Eiswürfel gegen die Zähne klickten. Nach einer Weile beobachtete ich, wie ein junger Kerl und ein Mädchen lässig und händchenhaltend das Lokal betraten. Beide waren ungefähr zwanzig. Das Mädchen folgte dem Typen zu dem Tisch, direkt neben unserem. Er setzte sich. Sie wartete einen Moment, dann glitt sie auf den Stuhl.

Sie war ausgesprochen hübsch, hatte langes blondes Haar, trug einen kurzen, schwarzen Rock und ein eng anliegendes weißes Oberteil. Zwischen ihren beiden Vorderzähnen saß ein kleiner, silberner Ring. Er hatte kurz geschorenes schwarzes Haar, gebräunte Haut und einen sehr harten Zug um den Mund. Der nicht im Entferntesten wich, auch wenn das Mädchen sehr kicherte und laut verkündete, dass sie vor Freude fast platze. Dass dieser Tag mit ihm zusammen so schön gewesen sei. Ich weiß das alles deshalb noch so genau, weil ich irgendwann Jens wieder das Gesicht zuwandte und bemerkte, dass auch er die beiden musterte. Und dann habe ich zum ersten Mal diesen Blick seiner Augen gesehen. Den ich später noch häufiger sehen musste. Diesen Blick, in dem Menschen einfach keinen Platz haben. Er hat lange Zeit zu dem Pärchen hinübergesehen. Dann hat er mich direkt angeschaut. Er sagte: ›Fett sein ist einfach so: du wirst überall ausgelacht, die Mädchen interessieren sich nicht für dich und dein Vater sagt, dass du hundert Mark kriegst für jedes verlorene Pfund. Mit anderen Worten: es ist super!‹ Er wollte fortfahren, doch der Kellner erschien, um die leeren Teller wegzuräumen. Als der Kellner wieder gegangen war, fragte Jens an Christine gerichtet: ›Was sagst du dazu,

Hasi? Was sagst du zu alldem, hm?‹ Christine hat die Asche von ihrer Zigarette geschnippt. ›Was soll ich schon dazu sagen?‹, wollte sie wissen. ›Dass du einen Dachschaden hast?‹

Weißt du, sie hat einen ganz leichten französischen Akzent. Einen, den die meisten Leute gar nicht bemerkten.

›Nein, du sollst etwas Wahres sagen, entgegnete Jens. ›Schatzimausi kann bestimmt etwas Wahres sagen.‹ Er lächelte.

›Oh ja‹, hat Christine gerufen. ›Schatzimausi kann immer etwas Wahres sagen. Und das mit dem Dachschaden war schon mal eine ziemlich wahre Sache.‹ Und dabei blitzten ihre Augen herausfordernd.«

Etwas bewegt sich über mir in der Luft. Nach kurzer Zeit erkenne ich, dass es Henrys Arm ist, den er aus dem oberen Bett baumeln lässt. Ich blicke aus dem Fenster. Draußen ist absolut nichts zu erkennen.

»Weißt du«, sagt er, »die Menschen sagen doch immer, dass nichts bestehen bleibt. Dass alles vorbeigeht und fortgerissen wird. Dass einen nichts für unendlich lange Zeit begleitet auf seinen Wegen. Und vor allem, dass man selbst nicht unendlich ist. Sie ärgern sich darüber. Sie sagen oft, die Zeit müsse stehen bleiben. Damit bestimmte Dinge nicht fortgespült werden können. Damit diese Dinge auf ewig da sind. Aber sie kapieren nicht, dass die Zeit vergehen *muss*. Dass sogar nur durch das Vorbeistreichen der Zeit dem Wunsch nach Unendlichkeit, nach Ewigkeit nachgekommen wird. Die Zeit *muss* vorbeigehen. Die Dinge *müssen* fortgespült werden. Damit man sich an sie erinnern kann. Damit sie in der Erinnerung aufleben. Und einen, vielleicht für immer, begleiten. Was zur Folge hat, dass wir vielleicht selbst unendlich lange existieren. Hast du mir zugehört?«

»Ja.«

»Das herausfordernde Blitzen ihrer Augen. Was meinst du?

Musste das also fortgespült werden?«

Oona. Meine Erinnerung an Oona. Wie alt waren wir? Fünf? Sechs? Sieben? Acht? Bevor sie weggezogen ist? Sie hatte schulterlanges, braunes Haar. Ein ganz zartes Gesicht. Feine Züge. Blass. Schmale Lippen. Sie hatte etwas Verletzliches. Ihre Mutter hatte sie immer etwas rausgeputzt. Wenn ich an sie zurückdenke, sehe ich kleine, blaue Schleifchen in ihrem Haar. Ich kam immer zu ihr nach Hause und wollte mit ihr zusammen mit *Masters of the Universe*-Figuren spielen, Horrorgestalten aus Plastik, damals in jedem Kaufhaus erhältlich. Aber Oonas Eltern erlaubten ihr nicht, mit so etwas zu spielen. Ihr Vater war den ganzen Tag über zu Hause, weil er irgendeine Krankheit hatte, über die man nicht reden durfte, und saß im Wohnzimmer auf der Couch. Und ich schmuggelte die Figuren dann immer unter meinem Pullover an ihm vorbei nach oben in Oonas Zimmer. Heute: eine Postkarte von ihr in der Küche meiner Berliner WG. Mit Tesafilm an die Kacheln geklebt. Man sieht ein Ferienhaus in Schweden. Was auf der Rückseite steht, sieht man nicht, aber ich weiß es auswendig: *Lieber Paul, Entschuldigung, dass ich so lange nicht reagiert habe. War viel unterwegs.* Ich bin mal in ihrer Stadt gewesen. Hab angerufen, sie besucht. Ihr später immer wieder Nachrichten aufs Handy geschickt. Geantwortet hat sie nie.

Henry sagt: »Wir haben noch eine Zeit lang in diesem Lokal gesessen. Der Kellner brachte drei Cocktails und ging dann wieder. Christine steckte sich noch eine Zigarette an. Sie stocherte vorsichtig mit ihr im Aschenbecher und spielte mit der sich schon darin befindenden Asche. Jens hat sich tief in seinen Stuhl sinken lassen und hat wieder zu diesem bescheuerten Pärchen hinübergesehen. Ich schaute dann auch rüber. Beide hatten inzwischen irgendein Essen vor sich, keine Ahnung mehr, was es genau war, auf jeden Fall fragte das Mädchen den Typen irgendwann, ob sie die Olive, die auf seinem Teller lag, haben dürfe. Jens sah auf eine Stelle in der Mitte des Tisches hinab. Mein Blick blieb an seinem fleischigen Hals hängen, der fast so breit war wie sein Gesicht. Er sagte: ›Alle Mädchen sind mit Vollidioten zusammen. Ich weiß, das ist ein Klischee. Aber es ist wahr. Die Mädchen tun immer so, als wäre ihnen nur das Herz, die Zartheit, Verletzlichkeit, die Seele und so weiter wichtig, aber das stimmt einfach nicht. Sie fahren auf andere Dinge tausend Mal mehr ab. Auf Coolness, auf Schönheit, auf Rock 'n' Roll. Genauso wie die Männer. Mit dem Unterschied, dass die Mädchen ständig so tun, als ob das nicht so wäre. Das ist das Schlimme. Und sie sind überhaupt nicht arm, hilfebedürftig oder irgendwie benachteiligt. Jedenfalls nicht die, die ich kenne. Sie sind berechnend und scheiße.‹ Dann zog Jens an seinem Strohhalm, schloss für einen Moment die Augen und zog schließlich nochmal daran. Ich habe dem Kellner dabei zugesehen, wie er durch das

Lokal ging und an der Theke eine Bestellung weitergab. ›Und von wegen‹, fuhr Jens nach einer Weile fort, ›sind Mädchen mit diesen Arschlöchern zusammen, weil sie einen Mutter- beziehungsweise Beschützerinstinkt haben. Wenn sie wirklich jemanden, der von ganz vielen schrecklichen Dingen umgeben ist, beschützen wollen würden, dann müssten sie über mich herfallen!‹

›Und du meinst, weil sie nicht über nicht herfallen, um dich zu beschützen, deswegen hast du keine Freundin?‹, fragte Christine und zog verächtlich die Augenbrauen hoch.

›Wir müssen gar nicht darüber reden‹, sagte Jens. ›In so was wie mich verliebt sich eh kein Mädchen.‹

›Wenn du weiterhin solche Ansichten vertrittst, dann bestimmt nicht‹, meinte sie. Sie zog ein letztes Mal an ihrer Zigarette. Dann drückte sie sie im Aschenbecher aus. Es war, als würden sich Jens' Augen kurz mit Traurigkeit füllen. Aber dann lächelte er wieder. ›Das ist mir egal‹, sagte er.

›Ich will gar keine Freundin. So ein paar Brownies in Vanillesoße sind mir jetzt lieber. Die standen doch auf der Karte, oder Henry?‹ Und er sah sich im Lokal nach dem Kellner um.«

Ich weiß gar nicht, warum ich angefangen habe, Ethnologie zu studieren. Weil es sich noch interessanter angehört hat als die anderen Fächer. Während ich bei den Vorlesungen zugehört habe, wie der Professor zum Beispiel über den Kulturwandel in Ozeanien gesprochen hat, dachte ich: das hat alles wenig mit mir zu tun. Nun, während ich in diesem Zug liege, ist das noch viel viel weiter entfernt. Und jetzt wünschte ich, dass es nicht so weit entfernt wäre. Jetzt wünschte ich, ich könnte wieder bei einer Vorlesung sitzen, dem Professor in seinem Leinenhemd dabei zusehen, wie er eine Folie auf den Overhead-Projektor legt. Und einfach mitschreiben.

Für einige Augenblicke ist er ruhig. »Stört es dich, wenn ich hier drinnen eine rauche?«, fragt Henry schließlich.

»Nein.«

Ich höre, wie er die Leiter an seinem Bett herunterklettert.

Es dauert, bis meine Augen ihn richtig sehen können. Er trägt nur Shorts. Ein paar kleinere Lichter wischen am Fenster vorüber. Henry kramt das Päckchen Zigaretten aus seinem Rucksack hervor. »Willst du auch eine?«, fragt er.

»Ja.«

Ich schiebe mit den Beinen die Bettdecke zurück und schwinge mich aus dem Bett. Er hält mir die Zigarette hin, ich greife sie. Dann macht er einen Schritt aufs Fenster zu und öffnet es, indem er es an einem Griff ein Stück weit nach unten schiebt. Kalte Luft strömt herein. Henry gibt mir mit einem Streichholz Feuer. Ein roter Punkt glüht in dem dunklen Abteil. Er steckt sich seine auch an. Wirft das Streichholz aus dem Fenster. Ich stelle mich neben ihn. Wir strecken unsere Köpfe ein paar Zentimeter nach draußen.

»Weißt du«, sagt er laut, »Jens liebte Christine. Ich glaube, er hat noch nie zuvor jemanden so geliebt. Er tat alles für sie. Er holte sie überall ab, er fuhr sie überallhin. Du musst dir das vorstellen: Wenn sie ein Date mit irgendeinem Kerl hatte, dann durfte sie sich in seiner Wohnung duschen, herrichten und so weiter. Er sah ihr dabei zu. Und danach fuhr er sie sogar noch zu ihrem Date. Ich habe den Verdacht, dass sie sogar zum Bumsen in seine Wohnung ging. Allerdings, wenn er nicht da war.« Wir ziehen unsere Köpfe ins Abteil zurück. Das T-Shirt fühlt sich an meiner Haut eiskalt an. Henrys Gesicht ist direkt vor mir. Ich kann jedoch seine

Augen nicht sehen. Ein Fanatiker, ein Wahnsinniger, denke ich plötzlich.

»Das Schwierige an der Geschichte war«, sagt er, »dass er ihr nie sagte, dass er sie abgöttisch liebte. Dass er sie überhaupt liebte.«

»Und hast du eine Ahnung, warum er ihr nie was gesagt hat?«, frage ich. »Und sie – das musste sie doch merken!«

Henry zieht an seiner Zigarette. »Ich kann mir das nur so erklären«, entgegnet er. »Sie haben sich beide bitter notwendig gebraucht und sie haben sich aufs Ärgste konstant belogen.« Er wirft die Zigarette nach draußen in die Nacht. Dann quetscht er sich an mir vorbei zum Wandbord, öffnet eine der beiden Wasserflaschen und trinkt. Kaum hat er die Flasche von seinem Mund abgesetzt, sagt er: »Und bei Jens war es wahrscheinlich so, dass er nichts so sehr gefürchtet hat wie eine Zurückweisung.« Er trinkt noch einen Schluck und stellt die Flasche auf das Wandbord zurück. »Verstehst du«, fährt Henry fort, »hätte er irgendwann versucht, sie zu küssen, und sie hätte ihn abgewiesen, dann hätte er sich vielleicht umgebracht.« Er zögert einen Moment, bevor er weiterspricht: »Das hat er übrigens zweimal versucht, sich mit Schlaftabletten das Leben zu nehmen. Und er hat beide

Male vorher bei ihr angerufen und hat sich auf ihrer Mailbox von ihr verabschiedet.«

Jetzt werfe ich meine Zigarette ebenfalls nach draußen. Dann schiebe ich das Fenster wieder zu. Eine Weile stehe ich nur gedankenverloren und frierend da. Auch Henry schweigt. Schließlich frage ich: »Und was hat sie gemacht?«

»Sie ist sofort zu ihm, mit dem Taxi. Sie hatte ja den Schlüssel zu seiner Wohnung. Und dort lag er. Auf dem Boden. Mit weißem Schaum vor dem Mund. Sie hat den Notarzt gerufen und ist mit ihm im Notarztwagen ins Krankenhaus gefahren. Zusammen mit Schatzimausi.«

Mir ist, als würde die Dunkelheit mit Händen meine Knochen greifen. Henry sagt: »Und nach dem zweiten Mal hat sie ihn angebrüllt, hat ihm versichert, dass sie ein weiteres Mal nicht wieder kommen würde, um ihn zu retten. Aber im Großen und Ganzen haben sie auch da nie über ihre Beziehung gesprochen. Sie hat gesagt, er hat Anfälle von Depressionen. Und das war es. Und dann konnte die Geschichte weitergehen. Das Tragische war nur, dass *ich* dann noch dazu kam.

»Hätte Jens versucht sie zu küssen«, sage ich, »glaubst du, sie hätte seinen Kuss erwidert?«

»Nein«, antwortet Henry. »Sie hat mir immer

wieder gesagt, sie würde nie im Leben etwas mit Jens anfangen. Sie fände ihn als Mann auch in keinster Weise attraktiv. Das Ganze sei nur eine Freundschaft. Nichts anderes.«

Er öffnet die Tür zur Nasszelle, greift nach innen an die Wand und betätigt den Lichtschalter. Schnell geht er hinein und schließt die Tür hinter sich. Der Vogel ist ein Rabe. Unter der Tür hindurch fällt gedämpftes, gelbes Licht in das Abteil.

Später, als wir beide wieder in den Betten liegen, frage ich: »Was hat Christine eigentlich gemacht?«

»Was?«

»Beruflich, meine ich.«

»Sie hat eigentlich viel gemacht«, antwortet Henry. »In Brüssel hat sie Medizin studiert. Und später in München hat sie als Französischübersetzerin bei einem Magazin gearbeitet.«

»Und was hast du gemacht?«

»Ich hatte Durchfall.«

»Immer? Die ganze Zeit? Sonst gab es nichts in deinem Leben?«

»Doch, ich ging auch noch zur Schule. In die zwölfte Klasse. Aber das war nur so nebenbei.

Hauptsächlich hatte ich Durchfall. Mir war übel und ich hatte Durchfall. Ich weiß nicht, ob es etwas damit zu tun hatte, aber auf jeden Fall war ich noch dazu verdammt schlecht in der Schule. Ich meine, so richtig schlecht. Ich war immer froh, wenn ich gerade so das Jahr geschafft habe. Ich wohnte zusammen mit meiner Mutter im Stadtteil Milbertshofen. Meine Eltern haben sich vor ungefähr drei Jahren getrennt. Meine Mutter ist Buchhändlerin. Sie arbeitet in so einem esoterischen Buchladen an der Münchener Freiheit. Ich bin fast nie aus meinem Zimmer rausgegangen. Wenn ich in meinem Zimmer war, musste ich nicht die ganze Zeit scheißen. Ich saß immer auf meinem Schreibtischstuhl oder auf meinem Bett, und immer wieder habe ich mir einen runtergeholt. Oder, wenn ich Nasenbluten hatte, lief ich umher, hielt meinen Blick gen Boden gerichtet und versuchte, die Blutstropfen, die aus meiner Nase tropften, so fallen zu lassen, dass irgendein Wort oder ein Gemälde aus ihnen auf dem hellen Parkettboden entstand. Ich hatte oft Nasenbluten. Und wenn ich irgendwo war, egal wo, musste ich sofort scheißen. Weißt du, wie scheiße das ist?«

»Hast du dich mal von einem Arzt untersuchen lassen?«, frage ich.

»Im Laufe der Zeit habe ich mich von tausend Ärzten untersuchen lassen. Entweder hat mich meine Mutter hingeschickt oder ich bin selbst gegangen. Zu normalen Ärzten, so genannten Experten, Psychologen, Heilpraktikern und so weiter. Sie haben alle nichts gefunden.«

Seine Bettdecke raschelt. »Und am schlimmsten war es, wie schon gesagt, auf diesen ganzen Schulbällen. Oder in Clubs. Mit was für einem unfassbaren Hass in den Augen einen die Leute dort anblickten. Weil man nicht tanzte oder schlecht tanzte. Weil man die falschen Sachen anhatte, weil man nicht dasselbe trank wie sie. Weil man nicht dazugehörte. Vielleicht einfach, weil man ein weiterer Mensch war, weil die Leute einfach keine weiteren Menschen mehr ertragen konnten. Weil sie sich gegenseitig auf den Füßen standen, weil sie gegenseitig in ihre privaten Bereiche eindrangen, weil sie sich gegenseitig ständig Dinge wegschnappten, weil sie sich eigentlich gegenseitig wegbeißen wollten. Jeder musste den anderen irgendwie überstehen. Und dann stand ich da, zuerst rann mir der Schweiß von den Achselhöhlen über die Seiten hinunter, meine Hände wurden feucht, der Schweiß stand irgendwann in Tropfen auf meinen Brauen und unter Bauchschmerzen musste ich augenblicklich scheißen gehen. Manchmal, wenn ich an öffentlichen Plätzen war oder zum Beispiel in einem Buchladen, hatte ich auf einmal so einen ekligen Geruch in der Nase. Immer, wenn dieser Geruch da war, hatte ich das Gefühl, alles, was ich in der letzten Zeit bei meinen Durchfällen rausgeschissen hatte, sämtliches Blut, das ich durchs Nasenbluten in letzter Zeit verloren hatte, hätte sich irgendwo gesammelt und würde nun in einer riesigen Welle über mich und alle Leute im Buchladen schwappen. Ich stellte mir vor, wie die Leute umgeworfen und fortgespült würden, die Bücherregale dem Druck der Welle nicht standhielten und zusammenbrächen. Und wie dann alle dalägen. In meiner Scheiße. Und sich darin wälzten. Auch ich hätte mich darin gewälzt. Und wäre dann irgendwann liegen geblieben. Völlig fertig.«

Schweigen senkt sich herab. Henry räuspert sich.

»Na ja«, sagt er, »jedenfalls verbrachte ich die meiste Zeit in meinem Zimmer. Ich fühlte mich sehr allein. Und so etwas wie einen Freund hatte ich nicht. Bis ich Jens kennen lernte. Mit ihm zusammen habe ich mich wohl gefühlt. Vielleicht, weil man ihm von der ersten Sekunde an ansah, dass er auch einsam war. Das war, glaube ich, das unsichtbare Band, das uns zusammenhielt. Das machte uns in gewisser Hinsicht zu Leidensgenossen. Wir hielten uns so stark aneinander fest, dass wir uns gegenseitig in die Tiefe zogen. Ich glaube, ich sah ihn aber auch deshalb gern, weil ich mich ihm gegenüber nie irgendwie verstellte. Ich musste nicht so tun, als hätte ich sonst was zu bieten. Wir haben uns ein paarmal in der Woche getroffen. Wir trafen uns auch zu zweit, ohne Christine. Meistens gingen wir in Schwabing in irgendein Lokal und redeten. Er holte mich immer von zu Hause ab und wir fuhren dann mit seinem Auto dorthin. Er hat einen Citröen Xara, weinrotmetallic. Weißt du, wenn ich jetzt ein solches Auto sehe, muss ich schreien.«

Ich höre, wie Henry die Füße aneinanderreibt. Ich drehe mich auf den Rücken, starre nach oben. Dann verschränke ich meine Hände, presse sie ganz dicht an meinen Mund und puste hinein. Die Luft wärmt meine Finger. Er fährt fort: »Wir redeten immer über verschiedene Dinge. Hauptsächlich natürlich über Christine. Aber nicht ausschließlich. Einmal, das weiß ich noch, liefen wir zum Beispiel zusammen die Leopoldstraße hinunter. Es war gegen acht Uhr. Ein schöner, heller Sommerabend. Wenn jemand an diesem Abend irgendwo hoch oben in der Luft durch ein unsichtbares Fenster auf die Straße hinuntergeblickt hätte, auf die Leute, wie sie so lässig durch die Gegend schlenderten, hätte er gedacht, es müsste ihnen allen gut gehen. Gehupe, Mädchenstimmen klebten in der Luft. Jens lief ein paar Schritte hinter mir. Ich drehte mich immer wieder nach ihm um. Sein Gehen glich eher einem Stampfen.

Es war, als wolle er seine Füße bei jedem Schritt tief in den Asphaltboden hineingraben. Sein linker Arm hing lose an seinem Körper herab. In der rechten Hand hielt er eine fette Leberkäs-Semmel. An der Semmel klebte eine Serviette. Ich wartete darauf, dass er das dünne, weiße Papier mitessen würde. Aber er passte auf. Als zum Schluss von der Semmel nur noch die Serviette übrig war, knüllte er sie zusammen und schmiss sie auf den Boden. Rund um den Mund war er senfverschmiert. Vor dem Eingang eines Lokals saß ein ungefähr 20-jähriges Mädchen auf einer Stufe. Sie hatte einen kurzen Rock an und drückte ihre Knie ganz eng aneinander. Sie hatte kurz geschnittenes blondes Haar und wunderschöne, hochliegende Wangenknochen. Sie kaute Kaugummi und brachte diese Wangenknochen hervorragend ins Spiel. Ich wäre wahnsinnig gern zu ihr gegangen und hätte gesagt: Hi, es gibt mich. Ich bin der Henry. Kennst du das auch? Dieses unfassbare Bedürfnis zu einem Mädchen zu gehen, einfach nur um zu sagen, dass es dich gibt, dass du existierst? Weil für dich deine ganze Welt besser wäre, wenn ein solches Mädchen wüsste, dass es dich gibt?

›Henry, warte mal!‹, hat Jens in diesem Augenblick gerufen. Ich drehte mich um und lief zu ihm. Er stand vor dem Schaufenster einer Mode-Boutique. Hinter dem Schaufenster zwischen Klamotten und einer exquisit angezogenen Schaufensterpuppe lief ein Fernseher. Über einen Laufsteg liefen hintereinander weg, ununterbrochen, Models mit dem letzten Pariser Chic am Leib. Sie wedelten mit den Hüften und drückten die Knie nach außen, als ob sie O-Beine hätten. Die Beine waren wahnsinnig mager. Die Arme und die Schultern auch. Und die Lippen waren schwarz geschminkt. Jens deutete mit dem Zeigefinger auf den Bildschirm. ›Ich kann diese Bilder einfach nicht mehr ertragen‹, sagte er. ›Diese Mädchen. Diese wunderschönen Menschen überall. Im Fernsehen, auf MTV, in Zeitschriften und auf Werbeplakaten. Ich halte das nicht mehr aus. Diese Körper, die so perfekt und wohlgeformt sind, dass man wahnsinnig wird. Und wenn sie einen dann durch den Bildschirm hindurch oder von einem Plakat herunter mit diesen Augen ansehen. In den Augen glüht immer so ein einladender

Funke, so ein lockendes Versprechen: Lass uns zusammen tanzen und brennen und ficken, bis es nichts mehr zu brennen und zu ficken gibt, bis wir beide zu schwarzer Asche zusammenfallen und vom Wind emporgerissen werden. Und um sie herum immer dieses widerliche, künstliche Geglitzer. Wobei es im richtigen Leben überhaupt nichts zu glitzern gibt.‹ Auf dem Bildschirm lief ein ganz in Schwarz gekleidetes, männliches Model den Laufsteg entlang. An seinen beiden Armen waren riesige schwarze Flügel befestigt. Er breitete die Arme aus. Jens fuhr fort: ›Als gäbe es irgendwo eine Glitzerfabrik, die diese Glitzerscheiße überall hinträgt. Einige wenige Menschen arbeiten praktisch ständig in dieser Glitzerfabrik. Und das ist für sie das Höchste der Gefühle. Und die anderen Menschen wollen unbedingt rein. Sie tun alles dafür, um reinzukommen. Lauern vor den Toren und warten auf Einlass, atmen praktisch jubelnd die Fabrikabgase ein. Währenddessen läuft die Arbeit in der Fabrik auf Hochtouren. Bestimmte Themen werden mit unfassbar viel Glitzer versehen. Aber vor allem ein Thema: Sex. Weißt du, wie riesig der Drang zu ficken bei mir ist? Ich halte es kaum aus. Ich habe das Gefühl, mir müssten stetig die Eier explodieren. Und die Druckwelle müsste dann meine Beine wegreißen. Und dieses Glitzerzeug rückt die ohnehin schon komplizierte Sache noch weiter in die Ferne. Jeder verkauft sich so, als hätte er ununterbrochen den besten Sex seines Lebens. Ich habe keine Ahnung, ob das wahr ist. Auf alle Fälle deprimiert es mich. Und sämtliche Leute scheinen, was das Sexuelle betrifft, immer für alles offen und bereit zu sein. Aber gleichzeitig sind sie es doch irgendwie nicht. Und haben Angst. Und dabei strengt dieses Offensein doch auch unheimlich an und sie würden sich eher bestimmt am liebsten vor den ganzen gewaltigen Eindrücken verschließen. Und alle wollen brennen und ficken, ficken und brennen. Und ich auch. Und ich auch.‹ Er verstummte. Sah sich sein großes, breites Spiegelbild im Schaufenster an. Wenn man durch das Spiegelbild hindurchblickte, konnte man direkt auf den Bildschirm sehen. Die Models liefen noch immer.«

»Schläfst du?«, fragt Henry. Ich antworte nicht. Ich habe keine Lust zu antworten. Ich muss jetzt erst einmal darüber nachdenken, was er mir erzählt hat. Und ich muss über mich nachdenken. Ich schieße die Pfeile meiner Gedanken nach Berlin. Seit anderthalb Jahren lebe ich nun schon in dieser Stadt und in der meisten Zeit, die ich dort verbrachte, irrte ich allein in den Straßen umher. Ohne dort irgendetwas zu tun zu haben. Ich beobachtete die Leute. Ich kannte die Art, wie sie zum Beispiel ihre Regenschirme aufspannten oder Arm in Arm gingen, wie sie mit abwesendem Blick vorbeimarschierten oder mit ihren Augen alles ganz genau prüften, wie sie Fahrkarten lösten, wie sie rannten, um die Bahn noch zu erwischen, wie sie sich gegenseitig anrempelten oder auf die Schulter schlugen. Wie sie orientierungslos stehen blieben und sich in alle Richtungen umsahen, wie sie mir in der U-Bahn gegenübersaßen, ihre Stirnen kraus zogen, das alles kam mir vertraut vor und trotzdem waren sie mir so wahnsinnig fremd, dass ich es kaum aushielt. Irgendwelchen Leuten folgte ich dann sinnlos von irgendeinem Ort aus. Meistens natürlich Frauen. Und ich folgte ihnen meistens bis vor die Haustür. Die Stunden vergingen auf diese Weise. Und dann fiel mir auf, dass ich den ganzen Tag über noch nichts gegessen hatte. Ich vergaß zu essen. Manchmal vergaß ich es an mehreren Tagen hintereinander. Etwas hielt mich ab, daran zu denken. Und ich fühlte mich schwach und leer und mir war schlecht. Manchmal musste ich mich auf einen

Treppenabsatz oder eine Parkbank hocken. Ich hatte dann das Gefühl, ich könnte mich keine Sekunde länger mehr in dem Strudel des Lebens abkämpfen. Ich wollte die Menschen an ihren Handgelenken greifen und herumreißen. Ich wollte sie anbrüllen und so fest es ging schlagen. Aber ich tat es nicht. Ich sah ihnen nur weiter dabei zu, wie sie an mir vorbeiströmten. Manchmal rief ich ihnen irgendetwas Bescheuertes nach. Und flüsterte mir selbst schließlich zu: Es geht weiter, es wird weitergehen. So verbrachte ich die Tage. Das ist meine Geschichte. Und dann gibt es noch eine andere Geschichte. Die Geschichte, die ich im Spiegel sehen kann. In dem braunen Punkt in meinem rechten Auge. Bist du das, Mandy?

Ich atme laut und gleichmäßig, weil Henry denken soll, dass ich wirklich schlafe. Dann ist es ein wenig still. So still, wie es in einem ratternden Zug eben sein kann. Und plötzlich erzählt er wieder weiter. Offenbar ist es ihm egal, ob ich wach bin oder nicht. Also halte ich die Augen geöffnet und höre ihm zu.

»Später gingen Jens und ich noch ins Eggers, ein Lokal in der Hohenzollernstraße. Den ganzen Weg dorthin liefen wir nur so nebeneinander her, ohne ein Wort zu sprechen. Jens hielt den Blick auf den Asphaltboden gerichtet. Das Eggers hat auch Tische und Stühle draußen, aber wir wollten uns drinnen hinsetzen. Wir fanden einen Tisch in einer der Ecken des Raumes, neben einem kleinen Fenster. Wir bestellten zwei Colas. Jens behielt den Blick zum Fenster gerichtet und sah die Spiegelbilder der Leute an, die in das Lokal kamen. ›Ich bin zu hässlich‹, sagte er. Er griff nach seinem Glas. Er ließ die Cola im Glas kreisen, kostete davon. Dann lehnte er sich im Stuhl zurück und sah mich direkt an. ›So ist es eben‹, sagte er. ›Guck mich doch an! Ich bin zu hässlich, um eine Cola zu trinken. Sie müsste eigentlich vor Entsetzen aus dem Glas springen. Zu hässlich, um irgendwohin zu gehen und Leute kennen zu lernen.‹

›Für mich bist du nicht zu hässlich‹, sagte ich. In dem Moment, in dem ich es sagte, war es auch so gemeint.

›Und weißt du warum?‹, fuhr ich fort. ›Weil du deine Seele nicht in ein eisernes Kästchen in deinen Bauch gesperrt hast. Viele Leute sperren ihre Seele in ein eisernes Kästchen ein: Und halten es für immer verschlossen. Und man sieht das in ihren Augen. Die Seele eines Menschen leuchtet ja in seinen Augen. Und bei denen, die ihre Seele einsperren, sieht man in den Augen nur das kalte Eisen dieses Kästchens. Und die sind hässlich. Außerdem: es ist ein über die Jahre weitergetragenes Missverständnis, dass es eine festgeschriebene Definition von Schönheit und Hässlichkeit gibt. Wer darf sich anmaßen darüber für jeden einzelnen Menschen zu urteilen? Es ist aber so, dass eine generelle Vorstellung von Schönheit existiert. Und die wird einem ständig vorgehalten. Wer durch das Raster fällt, wer anders ist, wird nur aus einem Blickwinkel betrachtet: er ist hässlich. Ein großer fabrizierter Schwachsinn, der über Glück und Unglück entscheidet.‹

›Weißt du, was ich einmal gehört habe?‹, fragte Jens in diesem Moment. ›Ich habe gehört, dass Menschen, die irgendeine Behinderung haben, egal ob geistiger oder körperlicher Art, die im Rollstuhl sitzen, die einen Krummfuß haben, hinken, die nur einen Arm besitzen oder ihre Hände nicht benützen können, blind sind, ich habe gehört, dass diese Menschen einmal Sternenkrieger waren, Helden aus anderen Galaxien, Lichtwesen, unfassbar schön und stark, die den Weltraum erkundeten, Abenteuer erlebten, die sich jetzt aber nicht mehr daran erinnern können. Und die Verletzungen und Behinderungen sind Folgeschäden der langen, beschwerlichen Reise zur Erde. Dem Planeten, der für alle Sternenkrieger eine Art Zielort ist. An dem sie irgendwann ankommen. Wenn sie als Menschen auf der Erde geboren werden, sind sie erlöst. Und ich dachte jetzt, dass es bei fetten Leuten vielleicht auch so ist. Dass fette Leute auch Sternenkrieger gewesen sind. Das hört sich doch gut an, oder? Mein Gesicht wurde nur von der langen Reise so aufgeschwemmt. Eigentlich bin ich ein starkes, wunderschönes Lichtwesen.‹

›So ein Schwachsinn‹, entgegnete ich. ›Alle Menschen haben Behinderungen. Dann müssten auch alle Menschen einmal Sternenkrieger gewesen sein. Bevor sie hier auf der Welt ankamen. Man kann sich wirklich viel einreden, damit es einem besser geht. Und außerdem: ist die Erde wirklich ein Zielort? Ich weiß nicht. Und wie muss es im Universum zugehen, damit es eine Erlösung ist, ein Mensch zu sein?‹

›Weißt du‹, sagte Jens, ›wenn die Erde wirklich ein Zielort ist und ich bedenke, wie rastlos ich bin und wo ich überall verzweifelt herumirre, dann hat der Ausspruch *der Weg ist das Ziel* etwas Wahres.‹

Irgendwann später stieß Christine noch zu uns und ließ sich so müde am Tisch nieder, als ginge sie zu Bett. Aber sie hatte keine Chance, sich ihrer

Müdigkeit hinzugeben, denn es dauerte nicht lange, dann fragte Jens sie, was sehr häufig der Fall war, über ihr Sexualleben aus. Ob sie dieses oder jenes schon einmal ausprobiert hätte. Und fast immer konnte sie die Frage mit Ja beantworten und erzählte dann irgendeine Geschichte. Während sie zum Beispiel erzählte, wie schön es sei, zu zweit oder allein irgendwelches Sexspielzeug auszuprobieren, strich sie sich immer wieder eine Haarsträhne über den Augen zurück oder sie berührte die eine Seite ihres Gesichtes mit der flachen Hand, als wolle sie sich fühlend der Schönheit ihres Gesichts vergewissern. Ihre Worte rannen zu einer einschmeichelnden Melodie zusammen. Sie sprach sehr leise und auf eine Art, als läge sie doch ziemlich viel Wert darauf, uns beide durch ihre Erzählungen zu becircen. Sie genoss es sichtlich, wenn sie an einem bestimmten Punkt ihrer Erzählung bemerkte, dass uns praktisch der Speichel aus den Mündern tropfte. Später an diesem Abend ging es dann noch darum, was im Großen und Ganzen toller sei – Sex oder Essen. Christine ergriff Partei für Sex. Jens fürs Essen. Er sagte: ›Unter die Rubrik Essen fällt auch der BigMac. Und eins sage ich euch: Man braucht verdammt viel Sexspielzeug, um den BigMac zu besiegen!‹

Und so vergingen die Tage, die Wochen. Wir trafen uns zu dritt in Lokalen, Restaurants, redeten, gingen ins Kino, ins Theater, fuhren nachts mit dem Citröen Xara durch die Gegend und hörten währenddessen unfassbar laut Musik. Oder wir fuhren alle zusammen zu meiner Großmutter, um dort unter Jens' Anleitung etwas Riesiges und Fettiges zu kochen. Und beim Kochen ließen wir ebenfalls laut Musik laufen. Wenn ich alleine war, ging es mir damals verdammt scheiße. Und wenn ich mit den anderen beiden zusammen war, dachte ich, ich müsste jetzt glücklich sein. Aber ich fühlte es nicht. Man spürt es wohl immer erst später. Jetzt weiß ich, dass ich damals glücklich war. Wie es den anderen erging, weiß ich nicht. Manchmal denke ich, ich hätte voraussehen sollen, wohin das Ganze laufen würde. Immer, wenn Christine etwas allein unternahm, ohne Jens, und ohne es ihm zu sagen, war er beleidigt, zog sich zurück. Auch von mir. Obwohl ich damit überhaupt nichts zu tun hatte. Es zeigte, dass wir in seinem Kopf nur zu dritt funktionierten. Er rief nicht mehr an und er meldete sich auch nicht an seinem Telefon. Und wenn man ihn dann nach einer Weile wieder sah, saß er nur vor einem und hat kein Wort gesagt, den ganzen Abend lang. Er saß da, mit diesem Blick, von dem ich schon erzählt habe. Und es war geradezu lachhaft, dass er, wenn man ihn fragte, ob er in sie verliebt sei, immer nur antwortete: ›Nööö, Christine wäre die letzte Frau, in die ich mich verlieben würde.‹ Ich glaubte es nicht. Und ich hätte es kommen sehen müssen.«

Meine Zeitungen: Spiegel, Tagesspiegel, Vogue (wegen der Mädchen). Die Bücher von amazon.de. Unser Briefkasten in Berlin schluckt einiges. Sofia schüttelt immer den Kopf.

»Wie kann man so viel lesen?«

Sie ist dreiundzwanzig und kommt immer nach dem Duschen ins Handtuch gewickelt in die Küche. Sie ist Italienerin. Und duscht immer erst nachmittags. Nachtleben. Bald darf sie meine Zeitungen abbestellen.

Henry sagt: »Ich möchte dir noch etwas über Christine erzählen: das Herausragende an ihr waren zwei Dinge. Erstens, ihre makellose Schönheit, die von den Haaren bis zu den Zehen reichte. Zweitens, wenn man ihr das erste Mal begegnete, diese merkwürdige Abwesenheit, die sie umgab, so, als würde sie alles ständig wie durch einen Schleier wahrnehmen. Was vielleicht stimmte, weil sie dermaßen kurzsichtig war. Sie hat ja nicht einmal den Olympiaturm gesehen, wenn sie vor ihm stand. Das passierte ihr wirklich. Aber sie war zu eitel, um eine Brille zu tragen. Sie wirkte so, als würde sie sich nicht wirklich für etwas interessieren. So unnahbar. Und wie bei allem, das sich einem entzieht, ist es die große Herausforderung, es doch anzurühren. Christine zum Lachen, zum Weinen, zum Schreien zu bringen. Sie aus dieser Hülle herauszuholen. Sie hatte einen Hang für alles Arabische. Liebte arabische Musik. Es hätte ihr wahrscheinlich keine Schwierigkeiten gemacht, verschleiert zu gehen. Das hätte zu ihr gepasst. Ihr Vater war Diplomat. Sie ist viel in der Welt herumgekommen. Sie sprach die Sprache jedes Landes, in dem sie war. Am längsten war sie in Brüssel. Es nervte mich tierisch, wenn sie am Telefon mit hoher, schriller Stimme schnell französisch redete. Und ich kein Wort verstanden habe. Sie schminkte sich Stunden. Sie benutzte Make-up, Puderpinsel, Lidschatten, Wimperntusche, verschiedene Stifte: Konturenstifte, Lippenstifte. Und wenn sie nach einer Stunde aus dem Bad kam, merkte man gar nicht, dass sie geschminkt war. Sie sah nur wunderschön aus. Und ihre Haare leuchteten. Und sie benutzte ein

Parfüm, zwischen Ingwer und Maiglöckchen, das sie sich immer aus Paris schicken ließ, aus derselben Parfümerie, in der auch der Staatspräsident Mitterrand einkaufte. Und ein weiteres Merkmal ihrer Person war ihre Unordnung. Wo immer sie war, hinterließ sie Chaos. Wie ein Tier, das seine Spur hinterlässt, wenn es irgendwo läuft. Socken, Klamotten, schmutzige Kaffeetassen, benützte Teller, irgendwo blieb ein Löffel liegen, aufgeblätterte Zeitungen, dreckige Turnschuhe, Notizen, die sie mit ihrer nervösen Handschrift auf einen Zettel geschrieben hatte, der wiederum unter einem Wust von anderen Sachen verschwand. Einmal beobachtete ich, wie sie einen Koffer aus einer Urlaubsreise ans Meer mit nach Hause brachte und nie wieder öffnete. Da war noch Sand drin. Sie wusch überhaupt nie Klamotten. Die teuren Sachen brachte sie in die Reinigung und die anderen Sachen schmiss sie weg und kaufte neue.«

»Und hast *du* ihr wenigstens sagen können, dass du sie liebst?«, frage ich in diesem Moment. Er sagt lange Zeit nichts. Man hört die Räder quietschen.

»Ja«, kommt es schließlich von oben. »Ich habe es ihr gesagt. An einem Abend. Es war November. Es regnete heftig. Und sie stand wie eine nasse Katze vor unserer Tür. Sie hat gesagt, sie wolle meiner Mutter und mir einen Überraschungsbesuch abstatten. Aber meine Mutter war nicht da. Gott sei Dank. Sie kam herein, schmiss ihre Lammfelljacke auf den Boden, lief ins Bad, trocknete sich mit einem Handtuch das Gesicht, beugte sich nach vorn, trocknete die Haare so gut es ging und schleuderte sie dann nach hinten. Ich sah ihr vom Gang aus gespannt zu. Dann hob ich ihre Jacke vom Boden auf und hängte sie an den Kleiderhaken. Wir gingen zusammen in mein Zimmer. Von meinem Vater hatte ich so einen alten Plattenspieler, auf dem man Singleplatten spielen konnte. Die waren schon wahnsinnig verkratzt. Aber sie klangen trotzdem toll. Wann immer man sie hörte, legte sich eine hauchfeine Schicht Gemütlichkeit auf einen. Außerdem erinnerten sie mich ein wenig an meinen Vater. Wir saßen auf dem Boden, einander gegenüber. Wir hörten die alten Songs. Von manchen Liedern, die ich klasse fand, zeigte ich ihr die Texte. Ich setzte mich dann hinter sie und deutete mit dem Zeigefinger über ihre Schulter hinweg auf die jeweilige Songzeile, die gerade gesungen wurde. Bei *The Joker* zum Beispiel. Von der *Steve Miller Band*. Irgendwann bestellten wir uns jeder eine Pizza. Fünfundzwanzig Minuten später wurde sie geliefert. Es waren auch Servietten da. Während wir sie, wieder einander gegenübersitzend, aus der Hand aßen und weiter Musik hörten, schrieb ich etwas auf meine Serviette. Ich schrieb: 1. Ich kann mich nicht satt sehen an Dir. 2. Ich liebe Dich.

Ich schob ihr die Serviette hinüber. Sie las. Der Regen klatschte gegen die Fensterscheibe. Es machte klick, die Platte war zu Ende.«

»Und wie hat sie reagiert?«, frage ich und strecke meinen Kopf nach oben.

»Sie hat einen Moment nichts gesagt«, erklärt Henry leise. »Dann hat sie gesagt: ›Du bist zu jung.‹«

»Und weiter?«

»Sie meinte noch, dass die Zeit auf meiner Seite ist. Time is on my side. Dass ich etwas Besonderes an mir hätte. Und, dass wenn ich älter bin, sich sicher ganz viele Frauen für mich interessieren. Und sich in mich verlieben, hat sie gesagt. Aber wahnsinnig glücklich hat mich das nicht gemacht. Sie trat dann ans Fenster und blickte hinaus in den Regen. Nach einer Weile hat sie sich wieder zu mir herumgedreht. Und dann hat sie, um die Stille, die zwischen uns entstanden war, wieder aufzuheben, angefangen, ganz allgemein über die Zeit als solches zu reden.«

»Die Zeit als solches«, wiederhole ich und füge spöttisch hinzu: »Das ist doch dein Lieblingsthema.«

»Ja«, sagt Henry und seufzt tief. »Das ist mein Lieblingsthema. Ich war so fertig, dass es eigentlich ein Wunder war, dass ich überhaupt etwas mitbekam von dem, was sie von sich gab. Sie sagte: ›Man könnte doch meinen, dass die Zeit keine Rücksicht auf einen nimmt. Dass sie sich keinesfalls für persönliche Schicksale interessiert und alles gleichermaßen verschlingt. Aber das ist nicht ganz richtig. Die Zeit denkt nämlich an dich, sehr sehr lange, bevor du in der Lage bist, über sie nachzudenken. Und sie bereitet Dinge für dich vor. Überleg mal, wie wahnsinnig viel sie vorbereiten musste, dafür, dass es dich überhaupt gibt, dass du existierst. Und gleichzeitig bereitete sie die Orte vor, an die du dich zeit deines Lebens begibst.‹

›Heißt das‹, habe ich überrascht gefragt, ›dass die Orte, an die ich mich begebe, teilweise nur für mich auf diese jetzige Art und Weise existieren?‹

›Ja‹, hat Christine geantwortet. ›Teilweise schon.‹

›Das bedeutet‹, entgegnete ich, ›dass die Zeit auch Interesse daran haben muss, dass es mich gibt.‹

›Genau‹, sagte sie. ›Sie ist wie eine Dienerin, die

schon ganz früh ihrem Herrn ansieht, dass er müde wird, um ihm dann schon vorzeitig das Bett herzurichten. Der Unterschied zwischen der Dienerin und der Zeit ist nur, dass die Dienerin stetig und ausschließlich ihrem Herrn dient, während die Zeit nur sich selbst zu dienen scheint und auf keinerlei Befehle horcht. Es ist also irgendwie so, als würde sie das Bett für jemanden herrichten, um sich dann durch ihn auf eine Art selbst hineinzulegen. Und ich habe keine Ahnung, was sie zum Beispiel durch die Tatsache, dass wir beide existieren, vorbereitet.‹

Irgendwann stand meine Mutter in der Tür. Und wir gingen dann alle ins Wohnzimmer, um dort noch ein bisschen zu reden. Meine Mutter erzählte Christine irgendetwas von einem bestimmten Kraftstein, den sie sich unters Bett legen sollte. Weil ihr das gut täte. Einem Onyx. Der würde eine größere Harmonie zwischen unserer Schale und dem Kern herstellen und so weiter. Und mehr Lebensfreude verleihen. Großartig. Nach anderthalb Stunden ging Christine wieder. Und ich verbrachte den Rest des Abends damit, dass ich mich auf mein Bett legte und durch die nasse Fensterscheibe nach draußen starrte. Der Onyx, der unter *meinem* Kopfkissen lag, bewirkte nicht, dass es mir besser ging.

Übrigens«, sagt Henry schließlich, »hat Christine danach nichts Eiligeres zu tun gehabt, als das Ganze Jens zu erzählen. Und der hat zu mir gesagt, jetzt wisse er wenigstens, warum ich ihn immer so gelöchert habe, ob er in sie verliebt ist. Und in der Folgezeit gab er mir dann immer so bescheuerte, kumpelhafte Ratschläge, wie ich ihr Herz gewinnen könne. Das ist ziemlich absurd, wenn man darüber nachdenkt.«

Die Bilder sind alle falsch. Die Bilder, die mich verrückt machen, die mich geil machen, zu denen ich mir einen runterhole. Ich habe im Fernsehen eine Dokumentation darüber gesehen, wie sie gefälscht werden. Die Beine der Frauen werden auf Photos mit dem Computer technisch verlängert, die Ärsche werden runder, die Titten größer, die Augen werden so blau angestrichen wie ein Swimmingpool. *Schau mich an! Ich will in dein Blut! Ich will deine Zellen verändern! Sie beherrschen! Sei so wie ich! Suche mich in der Wirklichkeit!* Die Bilder sind überall. Aber die Geilheit, die sie erzeugen, geht ins Leere.

»Mir wird es hier zu eng«, sagt er plötzlich. »Können wir kurz nach draußen auf den Gang gehen?«

»Ja, gehen wir auf den Gang.«

Ich finde, das ist eine sehr gute Idee. Auch ich will gerne kurz woandershin. Lieber wäre mir noch allein. Aber man kann ja nicht alles haben. Henry klettert wieder die Leiter an seinem Bett herunter. Auf dem Gang brennt schummriges Licht. Von der Landschaft draußen sieht man gar nichts. Man sieht nur sich selbst. Aber wenn ich mich selbst im Spiegelbild ansehe, schaue ich in eine viel tiefere Dunkelheit als in die, die draußen vor den Fenstern ist. Wir stellen uns beide nebeneinander ans Fenster. Es ist komisch, Henrys Gesicht wieder ganz und gar sehen zu können. Er blickt mit traurigen Augen auf irgendetwas Unwirkliches hinter seinem Spiegelbild. Er kreuzt die Arme vor seiner mageren, nackten Brust. Plötzlich öffnet sich eine der Abteiltüren in unserer Nähe und zwei Mädchen kommen kichernd auf den Gang hinausgestolpert. Die eine schwankt, lässt ihr halb volles Glas fallen und stürzt zu Boden. Laut lachend rollt sie sich auf den Rücken. Die andere schaut entschuldigend zu uns herüber. »Sie hat zu viel getrunken«, sagt sie. Und versucht, ihre Freundin hochzuziehen. Sie verschwinden wieder in ihrem Abteil. Nur das Glas bleibt draußen auf dem Boden liegen. Hübsch waren sie beide. Ich habe sie kurz nach dem Einsteigen schon gesehen. Henry blickt mich an. Um seine Lippen hängt jetzt ein zartes Lächeln.

»Weißt du, wie wahnsinnig ich mich nach den Mädchen sehne«, sagt er.

»Nach diesen beiden?«, frage ich.

»Auch«, antwortet er. »Nach allen. Diese Sehnsucht ist kaum zu ertragen. Sie frisst einem die Tage und Nächte. Ich liebe die Mädchen so sehr. Sie sind das Wunderbarste, das es auf der Welt gibt. Und sie haben in allen Dingen so eine Art überirdischen Lehrmeister. Es ist, als hätte ihnen der Boden persönlich beigebracht, wie man auf ihm zu laufen hat. Als hätte ihnen der Wind gezeigt, wie man durch Haare fährt, als wüssten sie von Sternen, was Entfernung bedeutet, und einzig und allein vom Feuer haben sie abgeschaut, wie man brennt. Und nicht nur das, das Feuer sagt ihnen auch, wie man verglüht.«

»Und«, sage ich, »der Alkohol hat ihnen gezeigt, wie man in einem Zug auf die Fresse fällt.«

»Halt's Maul!«, sagt er. »Es ist wirklich so, wie ich gerade sagte. Und ich liebe sie. Und weißt du, was das Verrückte ist?«

»Nein.«

»Dass ich sie gleichzeitig auf die brutalste Weise umbringen möchte. Alle.« Er starrt mich einen Augenblick lang an, dann sieht er auf den Boden hinunter.

»Warum?«, frage ich.

»Sie sind so wahnsinnig arrogant«, beginnt er. »Sie denken, sie müssten für nichts eine Hand rühren. Das Wunderbare existiere allein schon dadurch, dass sie dasitzen und sich die Haare aus der Stirn streichen. Und sie geben einem ständig das Gefühl, man müsste etwas Unfassbares leisten, um in ihrer Nähe sein zu dürfen. Aber das gelingt einem nicht. Mir gelingt das nicht.«

»Du redest wie dieser fette Jens«, sage ich. »Sie sind alle total unterschiedlich. Aber eine Sache haben sie gemeinsam: sie sind Menschen. Und das ist wichtig: Ich glaube, sie wollen auch als Menschen betrachtet werden. Und nicht als etwas Überirdisches. Das setzt einen doch wahnsinnig unter Druck. Ich glaube, man tut sich verdammt schwer, der Anforderung zu genügen, überirdisch zu sein, wenn man auf der Erde geboren ist. Stell dir mal vor, jemand würde von dir verlangen, dass jedes Mal, wenn du deine Beine bewegst, es so aussieht, als hätte dir der Boden höchstpersönlich das Laufen beigebracht. Ich würde nie mehr meine Beine bewegen. Und du sagst, man müsste ständig etwas Unfassbares leisten, um in ihrer Nähe sein zu dürfen? Ich glaube, es ist umgekehrt. *Sie* leisten ständig etwas Unfassbares. Und wir setzen es sogar voraus.«

Henry lässt den Kopf zwischen die Schultern sinken. Er schweigt. Er schweigt ziemlich lange. Der Zug legt sich in eine Kurve.

»Das heißt, sie sind also doch überirdisch«, sagt er schließlich lächelnd.

»Ja«, antworte ich und hole dann tief Luft. »Sie sind also doch überirdisch.« Wir grinsen uns an.

»Weißt du, was ich denke?«, fragt er nach einer Weile.

»Was denkst du denn?«

»Ich glaube«, sagt er, »wir bräuchten alle Schutz vor den geflügelten Schweinen, die an unserem Fenster vorüberschweben.«

»Was denn für Schweine?«

»Schweine, die einem Angst machen, wie sie so vorbeifliegen. Die riesig sind. Schwarz. Als wäre ihre Haut komplett verbrannt. Und ihre Flügel sind aus weißen Federn. Und sie sehen einen mit ganz bösen, leuchtenden roten Augen an.«

»Was machen die Schweine denn?«

»Ich weiß es nicht. Vielleicht kündigen sie etwas an. Vielleicht sind sie irgendwelche Boten, die einem mitteilen, dass die Seele verletzt ist. Oder, dass man droht, verrückt zu werden. Auf jeden Fall sollte man zwei große Vorhänge über das Fenster gleiten lassen, sodass man sie nicht mehr sieht. Und dass sie uns auch nicht mehr sehen können. Dass wir geschützt sind.«

»Aber vielleicht hat es einen Sinn, dass man sie sieht. Weil man vor irgendetwas gewarnt wird. Vielleicht wollen sie einem gar nichts Böses tun. Sie sehen einen einfach böse an. Weil man sich selbst so wenig beisteht. Es kann sein, dass die Schweine aus einem selbst kommen. Und dass man auch deshalb so große Angst vor ihnen hat. Aber es gibt nicht nur ein Fenster, durch das wir schauen, sondern es gibt unzählig viele. Und möglicherweise gibt es ein Fenster, hinter dem die Schweine ihren Platz haben. Und wo zum Beispiel auch die ganzen anderen schrecklichen Viecher sind, die in einem wohnen. Und von wo sie nicht ausreißen können, um auf sich aufmerksam zu machen und einen zu Tode zu erschrecken. Aber sie müssen sichtbar sein. Du sollst wissen, dass sie da sind, dass sie zu dir gehören.«

»Nein«, sagt Henry mit fester Stimme. »Ich will nicht, dass sie da sind. Und sie gehören auch nicht zu mir. Und ich will sie auch nicht sehen. Vielleicht kannst du dir nicht vorstellen, wie furchtbar ihr Anblick ist. Ich möchte mich vor ihnen schützen.« Er reißt bei dieser Aussage die Hände nach oben. Dann lässt er sie wieder hängen. Er blickt stirnrunzelnd auf das auf dem Boden liegende Glas. Man hat den Eindruck, er möchte noch etwas sagen. Er zieht aber nur die Unterlippe zwischen die Zähne.

»Lass uns wieder ins Abteil gehen«, sagt er nach einer längeren Pause.

Später, als wir uns wieder in unseren Betten befinden, sage ich:

»Ich habe noch eine Frage. Gab es eigentlich noch einen bestimmten Grund, warum Jens so fett war? Außer, dass er so viel gegessen hat?«

»Nein«, antwortet er. »Der Grund *war*, dass er so viel gegessen hat. Er hat ununterbrochen gegessen. Es war mir manchmal peinlich neben ihm auf der Straße zu laufen, so fett, wie er war. Und er hat immer etwas in der Hand gehalten, wovon er abgebissen hat: einen Schokoriegel, einen Bagel, eine Leberkäs-Semmel oder eine Tüte mit kandierten Mandeln. Und man hat direkt gesehen, dass die Leute, die uns entgegengekommen sind, gedacht haben: Der hat's nötig, der Fresssack! Wenn er mich von der Schule abgeholt hat und draußen vor dem Schulhof stand, habe ich mich geschämt. Weil jeder gesehen hat, dass ich einen dicken Freund habe. Der nicht gut aussieht. Der das Ansehen von einem nicht gerade gehoben hat. Ich habe mich geschämt und er hat mir so wahnsinnig Leid getan, weil ich mich geschämt habe. Es war so fies von mir. Auf der einen Seite habe ich ihn so notwendig gebraucht. Weil er der einzige Mensch war, der für mich da war, der mich nicht verarscht hat, bei dem ich mich sicher gefühlt habe. Und auf der anderen Seite hätte ich tausendmal lieber einen Freund gehabt, auf den ich stolz sein kann, verstehst du?«

»Ja.«

Henry fährt mit gesenkter Stimme fort: »Als er klein war und Angst hatte, hat ihn seine Oma immer getröstet. Sie hat ihm immer was zu essen gekocht. Immer was Süßes. Er hat sie geliebt, seine Oma. Und wenn er jetzt jemanden gehabt hätte, der ihn wirklich liebt, ein Mädchen, dann hätte er vielleicht aufgehört, sich so voll zu stopfen. Ich glaube, er hat seinen Körper gehasst.«

Henry räuspert sich. Auf einmal fängt er an von etwas ganz anderem zu reden.

»Wir sind ganz allein«, sagt er. In seiner Stimme liegt Trauer.

»Du meinst hier?«, frage ich. »In dem Abteil? Wir sind nicht allein. Wir sind zu zweit.«

»Nein, ich meine generell. Auf der Welt. Ist jeder Mensch allein. Man kann auch zu zweit zusammen in einem Zugabteil sein. Aber man bleibt allein.«

»O Mann«, sage ich. »Was zum Teufel redest du da? Das hat doch jetzt gar nichts mit uns zu tun.«

»Doch, hat es«, sagt er. »Mit mir jedenfalls hat es viel zu tun.«

»Herrgott.« Allein, denke ich. Ich wünschte, ich wäre allein.

»Was?«

»Nichts. Ich bin einfach verdammt müde. Erzähl weiter!«

»Wirklich?«

»Ja.«

»Weißt du, als ich noch ein Junge war, habe ich mir immer, wenn ich mich allein fühlte, vorgesagt, dass ich in Wirklichkeit gar nicht allein bin. Und weißt du warum? Weil ich mir vorgestellt habe, dass da etwas ist, das ständig meine Geschichte mit verfolgt.«

»Gott?«

»Nein, nicht Gott. Aber auch kein Mensch. Irgendein Wesen. Viele Wesen. Und ich malte mir aus, dass die alle begeistert von mir sind. Und, dass sie immer wahnsinnig gespannt darauf sind, wie meine Geschichte weitergeht. Ich stellte mir vor, dass sie mich alle liebten, so wie wir manche Figuren in einem Roman lieben. Dass ich ihr Held bin. Dass sie mich in brenzligen Situationen anfeuern. Und mit mir fühlen können. Ich hatte keine Ahnung, wie das genau vor sich ging. Und ich hatte auch keine Idee, auf welche Weise diese Wesen mein Leben ständig verfolgen konnten. Aber ich dachte nicht großartig darüber nach. Ich war mir einfach sicher, dass sie irgendwie bei mir sind. Und diese Vorstellung war tröstlich.«

»Aber das ist doch toll.«

»Nein, ist es nicht. Weil das alles ein Schwachsinn ist. Weil niemand unsere Geschichte mit verfolgt. Weil es ganz egal ist, was wir machen, niemand applaudiert, wenn wir gerade etwas geschafft haben. Etwas, dass für uns zumindest in diesem Moment toll ist. Und weißt du, selbst wenn jemand applaudieren würde, wenn alle applaudieren würden, wenn sie es tatsächlich täten und vor Begeisterung aufsprängen, man würde sich dann immer noch einsam fühlen, vielleicht noch einsamer als sonst.«

»Wie wäre es, wenn du dir selbst applaudieren würdest? Schließlich bist du der einzige Mensch, der dein ganzes Leben mit dir herumläuft. Niemand sonst geht mit dir alle Wege. Und niemand sonst kennt dich so verdammt gut, kennt deine Angst, kennt deinen Durchfall, weiß, was für dich schwierig ist.«

»Warum müssen die Seelen in verschiedenen Körpern gefangen sein? Warum sind sie nicht beisammen? Fließen zu einem gemeinsamen Fluss zusammen? Alles fließt ineinander. Und es gibt keine Einsamkeit mehr.«

»Aus irgendeinem Grund muss es so sein, wie es ist. Und vielleicht wäre ein auf ewig dahinfließender Fluss dem Leben zu eintönig gewesen. Und die Vielschichtigkeit des Lebens ist doch das Großartige! Dass nichts so ist wie das Andere, dass jedes Lebewesen für sich einzigartig ist. Dass du selbst einzigartig bist ...«

»Amen.«

»Ja, das hört sich jetzt vielleicht blöd an, aber ich glaube, dass das Leben es so hinbekommen hat, dass alles letztendlich doch ineinander fließt.« Ich zögere einen Moment. Und dann sage ich noch: »Und wenn es so weit ist, dass ich mit irgendetwas zusammenfließe, dann werde ich mir verdammt viel Mühe geben, gleich hauptsächlich mit großartigen Mädchen zusammenzufließen. Und die können dann gar nichts dagegen tun.«

»Du bist ein blöder Hund«, lacht er. »Versuche lieber jetzt mit ihnen zusammenzufließen. Nicht erst irgendwann.«

Kurzer Halt in einem Bahnhof. Licht fällt ins Abteil. Bis der Zug wieder weiterfährt. In die Nacht.

Henry sagt: »Wir planten einen Wochenendausflug zu Jens' Eltern. Die haben ein großes Haus in der Nähe von Regensburg. Wir saßen zu dritt im Auto und hörten eine Kassette von *The Who.* Jens fuhr, Christine saß neben ihm, sie wippten im Takt zur Musik mit den Schultern und schrien bei manchen Liedern vor Begeisterung. Und ich saß hinten und wippte und schrie auch. Rock 'n' Roll ist überhaupt das Beste, dachte ich. So ganz alte Songs. Wir hörten die ständig. Ich glaube, wir drei wären gern zu einer anderen Zeit jung gewesen.

Wir kamen nur mittelmäßig voran. Es war Dezember und an manchen Stellen glatt auf der Autobahn. Keiner von uns dreien dachte daran, was in dieser Nacht passieren würde.

Als wir ankamen, gab es etwas Riesiges zu essen, gekocht von Jens' Oma. Dann gingen wir mit den

Eltern über den Christkindelmarkt. Ich kaufte für Christine ein Lebkuchenherz. Ich ging immer hinter ihr, um sie beim Gehen anschauen zu können. Es begann zu schneien. Die Schneeflocken hingen wunderschön an ihren Haaren. Und ich dachte, dass sie mit den Schneeflocken verwandt sei, dass sie selbst aus ganz vielen kleinen Schneekristallen bestehe. Wenn wir vor einem Stand stehen blieben, legte ich mein Kinn auf ihre Schulter. Es war ein schöner, kalter Nachmittag. Alle waren irgendwie gut drauf. Später am Abend gingen wir in Jens' Zimmer. Der Fernseher lief. Wir sahen uns eine Sendung an, in der Leute mit ihren Problemen irgendwelche Psychologen anriefen. Vielleicht hätten wir auch anrufen sollen. Jens' Bett war für Christine hergerichtet. Wir Jungs sollten im gleichen Zimmer nebeneinander auf zwei Matratzen auf dem Boden schlafen. Aber ich schlief nicht. Ich konnte das einfach nicht aushalten, dass Christine so nah war. Ich musste immer daran denken, dass sie mit fast gar nichts bekleidet unter der Bettdecke lag. Es war verdammt dunkel in diesem Zimmer. Ich lag auf dem Rücken und starrte mit offenen Augen nach oben. Sah nichts. Ich war wahnsinnig aufgeregt. Ich schwitzte. Ich dachte, das Blut müsse aus meinen Schläfen sprudeln. Da war ein Schrei in mir, der aber nicht rauskam. Das Aufheulen irgendeines widerlichen Geschöpfes, das in meinem Körper kauerte: ich selbst. Und ich hatte Angst. Verfluchte Angst. Vor allen Dingen, die es auf der Welt gibt. Vor dem Leben. Auf einmal spürte ich diese Angst ganz deutlich. Die Königin der Gefühle: Angst. Und ich wollte zu Christine. Ich dachte an mein Leben. An meine verdammte Zukunft. Daran, dass ich keine Ahnung hatte, worum es im Leben ging. Daran, dass alle sagen, man müsse gut sein. Immer. Überall. In allen Dingen. Dass es so schwer ist, sich am Tag nicht in der Tiefe des blauen Himmels zu verlieren. Und in der Nacht nicht in seiner Schwärze. Und ich war nicht gut. Ich war einfach nicht gut. Und ich wollte zu Christine. Und es war mir auf einmal egal, dass ich nicht wusste, worum es im Leben ging. Und es war mir auch egal, dass Jens da war. Ich wollte nur noch zu ihr. Die Königin der Gefühle konnte mich am Arsch lecken. Sie hätte mich ruhig ihren Krokodilen zum Fraß vorwerfen können. Das wäre mir egal gewesen. Hauptsache ich bin bei Christine. Ich wollte sie bumsen. Ich wollte sie unbedingt bumsen. Ich hielt es kaum aus. Ich wollte mich auf Schneekristalle betten. So lange, bis sie geschmolzen waren. Jens schnarchte neben mir laut. Das Schnarchen klang wie ein

Röcheln. Es begann ruckartig und setzte dann wieder für einige Sekunden aus. Irgendwann ließ er einen unglaublich komischen und lang gezogenen Schnarcher los. Und ein gedämpftes Kichern kam aus der Ecke, in der sich Christines Bett befand. Jetzt los, dachte ich. Ich schlug meine Bettdecke zurück. Stand auf. Mir war schlecht. Ich tastete mich durch das dunkle Zimmer, mit ausgestreckten Fingern. Als wäre ich eine Fledermaus mit Sensoren am Körper, die Hindernisse spürt, bevor sie daran stößt. Hinter mir das Schnarchen. Das mich beruhigte, weil ich dadurch wusste, dass er schläft und nichts mitkriegt. Allmählich gewöhnten sich meine Augen an die Dunkelheit. Die Gegenstände bekamen graue Umrisse. Christines Bett, der Sessel, der direkt davor stand. Ich setzte mich auf den Sessel. Überprüfungshalber: Das Schnarchen hielt an. Im Bett die Erhebung von Christines Körper. Sie lag zusammengerollt auf der Seite, mit dem Gesicht zu mir. Ihr Gesicht war ein heller Fleck. Ich wollte ihre Stirn berühren und streckte vorsichtig die Hand aus. Als ich sie gefunden hatte, strich ich mit dem Zeige- und Mittelfinger darüber. Immer wieder. Sie rutschte ein wenig näher zu mir her. Ich beugte mich nach vorn und atmete die Luft knapp über ihrer Haut ein. Und ich dachte, ich würde in

Zukunft nur noch dort atmen, wo ihre Haut atmet. Dann lehnte ich mich zurück. Ich hatte plötzlich tierische Bauchschmerzen. Ich kämpfte dagegen an, auf die Toilette zu müssen. Ich spannte meinen Bauch krampfhaft an. Ich empfand mich selbst als so ekelhaft. Gerade im Vergleich zu ihr. Und auf einmal wurde ich verdammt zornig auf sie. Weil sie einfach dalag und wunderbar war. Und ich war ihr scheißegal. Sie hat gesagt, ich wäre zu jung. Zu jung wofür? Um mich in sie zu verlieben? Um sie zu bumsen? War ich auch zu jung, um sie zu vergewaltigen? Ich war kurz davor, sie zu packen, herumzureißen, ihr bescheuertes, wunderbares Loch in Position zu bringen und sie dann zu ficken. Egal, ob sie es wollte oder nicht.« Er schweigt einen Moment. Dann fragt er: »Bist du schon einmal bei Nacht am Strand gewesen? Wenn alles dunkel ist und du nichts siehst? Wenn du nur den Sand unter den Füßen spürst, ohne ihn zu sehen? Und den kühlen Wind, der vom Meer herkommt? Und die Wellen hörst, die heranrollen und gegen den Sand anstürmen? Hast du dann auch das Gefühl, gegen das gewaltige, das dunkle Meer anbrüllen zu müssen? Weiß der Teufel warum. Kennst du das?«

»Ja«, sage ich leise.

Er fährt fort: »Genau das Gefühl hatte ich in dieser Nacht, als ich auf dem bescheuerten Sessel saß. Alles mündete in Traurigkeit. Und ich saß da, hatte einen Ständer, der sich gegen meine nassgeschwitzte Unterhose presste, und fing dann wieder an, ihre Stirn zu berühren. Sie rutschte näher und näher zu mir her. Irgendwann griff sie nach meiner Hand und führte sie langsam die Nase herunter zu ihrem Mund. Ich strich mit dem Finger über ihre Lippen, dann öffnete sie sie, bis ich ihre Zunge spürte. Nach kurzer Zeit ließ sie meine Hand tiefer gleiten. Über ihre Brust, den Bauch. Alles fühlte sich so weich und glatt an. Bis wir dort ankamen, wohin ich wollte. Und sie auch. Zwischen ihre Beine. Es war alles so wunderbar feucht dort unten. Man merkte das durch den Slip hindurch. Außerdem spürte ich ihre Schamhaare. Ich strich mit der flachen Hand darüber. Nur der dünne Stoff des Slips war dazwischen. Wie eine weiche Haut. Vielleicht ist das bescheuert, aber ich glaube, schon allein für das Gefühl, so etwas anfassen zu dürfen, lohnt es sich zu leben. Ich fuhr mit dem kleinen Finger in ihren Slip. Zog ihn ein Stück weit von der Haut ab. Dann fuhr ich mit der ganzen Hand rein. Mein Kopf glühte. Ich zitterte. Es war, als müsste ich mich enthäuten. Und du kannst dir nicht vorstellen, wie warm und brodelnd sich ihre Möse anfühlte. Und ich dachte, ich müsste augenblicklich Teil dieses Brodelnden werden. Mich selbst sofort auflösen. Und trotzdem da sein. Leben. In ihr. ›Du zwickst mich‹, flüsterte sie. Ein widerliches, pelziges Gefühl kroch meinen Rücken herauf. Sie drehte sich von mir weg, sodass sie mit dem Rücken zu mir lag. Und ich fragte mich: Verdammt, wie komme ich jetzt ins Bett zu ihr, ohne meine Hände von ihrem Körper zu lösen? Und gefälligst ohne sie zu zwicken? Ich schaffte es irgendwie. Ich versuchte, ihren Slip herunterzuziehen, und sie half mir, das war zu spüren. Mit den Bewegungen ihres Hinterns. Lieber Gott, bitte mach, dass ich jetzt keinen Durchfall bekomme!, dachte ich. Vor lauter Angst traute ich mich nicht meine Unterhose auszuziehen. Mein Schwanz kam von selber raus. Ich umschlang ihren Bauch mit den Armen und presste Christine ganz fest an mich. Mir kam es schon fast, als sich ihre Arschbacken gegen meinen Schwanz drückten. Und sich an ihm rieben. Die Arschbacken waren ganz nass. Ihr ganzer Körper war nass. Und meiner auch. Sie spreizte die Beine etwas. Mein Schwanz rieb sich noch immer an ihrem Po. Ich rutschte ein wenig tiefer. Stocherte mit meinem Penis durch die Gegend. Bis sie hinter sich griff und ihn festhielt, in die richtige Richtung lenkte. Langsam glitt ich in sie. Und dann endete sie. Und wir fingen an. In der ersten Sekunde schon spritzte ich ein wenig ab. Ich umklammerte sie. Ich hatte das Gefühl, ich würde in Butter gleiten. Meine Schläfen pochten. Sie pochten wahnsinnig. Blitze jagten durch meinen Körper. Und ich wusste, dass ich niemals aufhören wollte. Niemals. Es war kratzig und glitschig zugleich. Christines Hintern kreiste. Und es roch alles irgendwie auch nach Butter. Nach Gebäck. Nach Weihnachtsgebäck. Ich fuhr mit den Händen unter ihr T-Shirt. Und grapschte nach ihren Titten, drückte sie zusammen. Ihre beiden Brustwarzen ragten irgendwann steif zwischen jeweils zwei meiner Finger hindurch. Sie stöhnte etwas. Und ich wollte den Rest meines Lebens so weitermachen. Aber ich hielt es nicht aus. Alles war so warm, mein Schwanz glitt in Butter auf und ab, Christines Hintern kreiste immer schneller, mein Herzschlag tönte laut in meinen Ohren, meine Knie zitterten, mein ganzer Körper presste sich zusammen, und irgendwann konnte ich nichts mehr machen und in dem Moment, in dem eine Stimme lautstark dicht neben dem Bett Verfluchte Scheiße! sagte, spritzte ich ab.«

Henry erzählt weiter: »Es war Jens' Stimme. Natürlich. Wessen sonst. Ich hatte gar nicht mehr an ihn gedacht. Und sie offenbar auch nicht. Es dauerte eine ganze Weile, bis ich begriff, was los war. Da war er schon aus dem Zimmer gerannt. Dann lösten sich unsere Körper voneinander. Mein Herz schlug unangenehm schnell. Mein Schwanz und die Unterhose fühlten sich verklebt an. Christine sprang auf, blieb vor dem Bett stehen und sagte immer vor sich hin: ›In seinem Bett, in seinem Bett.‹ Sie sagte: ›Wir müssen zu ihm. Geh du voraus, weil ich absolut nichts sehen kann.‹

›Und was sollen wir sagen?‹, fragte ich.

›Das sehen wir dann schon‹, entgegnete sie. ›Aber wir müssen zu ihm.‹

Ich ging vor ihr aus dem Zimmer. Ich wusste überhaupt nicht, wo ich hingehen sollte. Hatte keine Ahnung, wo er sein könnte. Und ich hatte auch keinen Bock irgendeine Tür aufzumachen und bei der Oma oder den Eltern im Schlafzimmer zu landen. Christine legte mir von hinten die Hand auf die Schulter. Es war scheißdunkel. Wir tasteten uns die Treppe hinunter. Er lag im Wohnzimmer auf dem Boden. Wie ein großer Sack. Ich bückte mich direkt vor ihm und streichelte über seine Schulter.

›Lass mich in Ruhe!‹

Ich sagte, dass es mir Leid täte. Christine sagte, dass es ihr auch Leid täte. Er gab keine Antwort. Wir gingen wieder nach oben. Ich legte mich zu ihr ins Bett, drückte mich so fest ich konnte an sie.

Den ganzen nächsten Tag hat Jens nichts gesprochen. Wir fuhren heim, ohne Rock 'n' Roll, ohne Unterhaltung. In den nächsten Wochen meldete sich Jens nicht. Er musste seine Wohnung ja auch nicht verlassen. Er hatte einen ganzen Schrank voll mit Lebensmittelvorräten, die länger hielten als ein paar Wochen.«

Eine längere Pause entsteht. Meine Gedanken gehen auf ekelhaften Traumwegen. Seine Stimme bringt mich dann irgendwann wieder ins Abteil zurück:

»Bist du wach?«

»Ja.«

Ich blicke nach draußen. Große Schneeflocken prallen jetzt gegen das Fenster, bleiben kurz kleben und fließen beim Zerschmelzen nach unten. Ich denke daran, wie kalt es draußen ist. Im Abteil ist es warm. Aber ich friere trotzdem.

»Weißt du eigentlich wie widerlich es ist, immer und überall Durchfall zu haben?«, kommt es auf einmal von ihm. »Wenn du fast nirgendwo mehr hingehen kannst?«

»Ich weiß nicht, wie das ist«, sage ich. »Und ich will es mir auch nicht wieder anhören.«

»Das ist ja genau das Problem«, entgegnet er. »Niemand will sich dieses Thema anhören. Nicht einmal die Ärzte. Wenn ich bei einem bin und davon spreche, sagt er, ich solle einfach *Perenterol* nehmen, und ich komme gar nicht dazu zu sagen, dass es bei mir nicht hilft.« Wir schweigen beide wieder. Nach einer Weile räuspert er sich.

»Paul, was bedeutet Liebe?«, fragt er.

»Schmerz«, antworte ich. »Ungeheuer qualvollen Schmerz.«

»Und sonst nichts?«

»Sonst nichts.«

»Das finde ich nicht«, sagt er. »Ich finde, Liebe ist das Größte, das Leuchtendste, das Wunderbarste. Ein magisches Lebenselixier. Die Sache, die sämtliche Sehnsucht der Menschen ausmacht. Man sehnt sich letztendlich immer nur nach Liebe. Und alles, was man macht, macht man nur dafür, um sie zu bekommen. Und Liebe bedeutet auch, keine Angst mehr zu haben. Nicht vor einem selbst. Und auch nicht vor dem anderen.« Er zögert. »Diese verdammte Angst«, sagt Henry plötzlich zornig. »Diese ekelhafte, alles fressende Angst. Warum kann man die Dinge nicht nur mit Zuversicht und Entspannung angehen? Das wäre viel leichter für einen. Und man würde weiter kommen.«

»Das glaube ich nicht«, sage ich. »Die Angst bringt dich doch auch dazu, in brenzligen Situationen zu überlegen, was du jetzt machen sollst, Wege zu finden, die dich voranbringen, die dich aus dieser brenzligen Situation hinausführen. Außer man erstarrt vor Angst. Wie ein Kaninchen vor der Schlange. Das gibt es natürlich auch. Und das ist dann nicht so super. Aber ansonsten hilft sie einem schon weiter.«

»Meinst du?«

»Ja. Außerdem muss es Angst geben, weil du ohne sie gar nicht wüsstest, was Zuversicht und Entspannung ist. Alles ist miteinander verbunden. Es muss immer das Gegenteil, die andere Seite von etwas geben, damit man überhaupt merkt, dass es existiert. Ohne Dunkelheit wüsstest du nicht, was Licht bedeutet. Und es gibt Menschen, die behaupten, Gott hätte das gesamte Universum erschaffen, um sich selbst sehen zu können. So wie wir immer unter Menschen gehen, weil wir uns über andere Menschen definieren. Weil wir nur durch die Art, wie *sie* sind, erkennen können, wie *wir* sind. Und

Gott kann nur durch das Universum erkennen, was oder wer er ist.

Und deshalb hat er es erschaffen.«

»Wenn das wahr ist, heißt das, dass Gott so ist wie wir?«

»Ja.«

»Genauso hilflos?«

»Vielleicht ist er genauso hilflos.«

Schweigen tritt ein.

»Ist Gott einsam?«, fragt er nach einer Weile.

Admiralstraße. Mein Weg in der Admiralstraße. Die hohen, kahlen Bäume. Die zurückgesetzten Villen links und rechts. Den Straßen sieht man nicht an, welche Geschichten sich dort zugetragen haben. Ich kenne die Admiralstraße nur nachts. Ich frage mich, ob Henry, der jetzt im Dunkeln über mir liegt, auch mal durch die Admiralstraße laufen wird. Vielleicht am Tag. Man sieht auch den Menschen, die durch eine Straße laufen, ihre Geschichte nicht an.

Henry sagt: »Es gibt doch viele Menschen, die keine Geschenke annehmen können, die es überhaupt nicht genießen können, beschenkt zu werden. Weil sie augenblicklich ein schlechtes Gewissen bekommen und denken, sie müssten etwas zurückschenken. Sie denken, sie sind es nicht wert, etwas zu bekommen, ohne es irgendwie auszugleichen. Und ich glaube, dass es mit dem Leben an sich das Gleiche ist. Das Leben ist etwas, das dir einfach so gegeben ist. Und genauso wie die anderen, kleineren Geschenke können diese Menschen das Leben nicht einfach so annehmen. Sie denken, sie verdienen es nicht, am Leben zu sein. Sie sind wahnsinnig verzweifelt. Sie quälen sich selbst. Manche bringen sich sogar um. Denn es ist eine ganz schreckliche, unerfüllbare Aufgabe. Und auch wenn es einem gelänge, wem würde es man dann zurückgeben? Gott? Den Eltern?«

Er überlegt. Schließlich fährt er fort: »Aber sind Geschenke nicht einfach auch ein Zeichen der Zuneigung? Wenn man mit dem Leben beschenkt wird, ist das auch ein Zeichen der Zuneigung? Bedeutet nicht allein die Tatsache, dass man hier ist, auch, dass man es verdient hat, am Leben zu sein? Dass man wertvoll genug ist? Aber warum fühlt man sich nie wertvoll? Und fast niemand von den ganzen Menschen denkt über einen, dass man wertvoll ist.«

Für einige Augenblicke herrscht wieder Ruhe. »Weißt du«, sagt er plötzlich freudig, »es ist doch eine Tatsache, dass die meisten Menschen auf der Welt unglücklich sind. Ich will aber nicht unglücklich sein. Nicht mehr. Ich habe es satt. In dieser einen Sache würde es mir einmal nichts ausmachen, zur Minderheit zu gehören.«

Ich erinnere mich: Einmal, an einem Abend, saß ich in der S-Bahn. Wollte von Charlottenburg zur Friedrichstraße fahren. Am Bahnhof Zoo stieg ein Mädchen ein. Und setzte sich in meiner Nähe auf eine Bank. Sie zog die Knie hoch und stellte die Füße auf dem gegenüberliegenden Sitz ab. Der Kopf sank gegen die Fensterscheibe. Sie schlief ein. Sie hatte schulterlanges, lockiges, schwarzes Haar. Ihr Gesicht war so friedlich. Es war, als würde sie von etwas ganz Schönem träumen. Ich stieg nicht an der Friedrichstraße aus. Ich blieb sitzen. Bis die Bahn die Endhaltestelle erreicht hatte. Sie schlief immer noch. Ich fasste sie an der Schulter an.

»Wach auf!«, sagte ich leise. »Der Zug fährt nicht weiter.«

Und dann öffnete sie die Augen und sah mich erschrocken an. Ein paar Sekunden vergingen.

»Wovon hast du geträumt?«, fragte ich. Sie antwortete nicht. Sie sprang auf, nahm ihre Tasche und sprang hinaus. Ich sprang auch raus.

»Wovon hast du geträumt?«, schrie ich ihr nach. »Wovon hast du geträumt?«

Henry fährt in seiner Erzählung fort: »Vier Tage nach unserer Reise, nach unserer Nacht, traf ich mich mit Christine in einem griechischen Restaurant. Sie war schön. Sie sah wunderbar aus. Sie trug ein schwarzes T-Shirt, schwarze Jacke, schwarze Hose. Sie hatte immer etwas Schwarzes an. Sie wusste, dass ihr das gut stand. Sie bestellte eine Apfelsaftschorle und mit Schafskäse gefüllte Auberginen. Ich bestellte ein Spezi und Gyros mit Reis. Lange Zeit sagten wir gar nichts. Und irgendwann sagte sie, dass es ihr Leid täte. Dass das nicht hätte passieren dürfen. Und auch nicht wieder passieren würde. Und, dass es ihre Schuld sei. Ich konnte nicht mehr weiteressen. Aber sie redete einfach weiter, dass sie gestern im Kino war. Der Film sei nichts Besonderes gewesen, da bräuchte ich nicht reinzugehen. Ich saß da und konnte nichts mehr sagen und fühlte mich absolut beschissen. Und ihr fiel nicht einmal auf, dass ich nichts sagte. Als wir das Restaurant verließen und uns verabschiedeten, sagte sie: ›Also dann, bis bald!‹ Und lief mit ihren Stöckelschuhen davon. Und ich ging heim. Auf dem Gang kam mir meine Mutter entgegen und sagte, ich solle die Geschirrspülmaschine ausräumen. Man sah ihr an, dass sie wütend war, weil ich es noch nicht gemacht hatte. Ich bin in mein Zimmer gelaufen und habe die Tür hinter mir zugehauen.

›Ich mach das, später.‹«

Er lässt seinen Arm wieder nach unten hängen. »Ich kam einfach nicht klar damit, was Christine gesagt hatte. Kannst du dir erklären, warum sie mit mir geschlafen hat, wenn sie jetzt so daherredet?«

»Weil sie sich einsam fühlte, weil sie einfach Lust hatte«, antworte ich. »Frauen sind genauso heiß darauf zu vögeln wie wir. Sie tun manchmal so, als ob das nicht so wäre. Es ist aber so.«

»Freut mich!«, erwidert er.

Der gelbe Ball. Beim Squash sagen die Farben der Bälle, wie gut man ist. Valentin und ich spielen gelb. Ziemlich gut. Valentin macht seinen Zivildienst in der Charité, Orthopädie. Ein Satellit in meinem Leben. Immer auf der gleichen Umlaufbahn. Zur selben Zeit am selben Ort, immer gleich weit entfernt. Ein kleiner, stämmiger Satellit, der manchmal sagt: »Ich wäre gern wie du.«

Mit Freunden müsste man doch reden können. Er redet viel bei der Apfelsaftschorle nach dem Spiel. Er ist nicht wie ich.

Henry steht wieder am geöffneten Fenster. Und raucht. Mit dem Rücken zu mir. Ich bleibe im Bett, weil es mir zu kalt ist. Die Glut der Zigarette ist zu sehen. Der Zug poltert.

»Ich kann nicht mehr weiter erzählen«, sagt er. »Ich kann nicht mehr darüber reden.«

»Dann leg dich ins Bett und versuche noch ein wenig zu schlafen!«

»Das kann ich aber jetzt auch nicht.« Er bleibt eine Zeit lang ruhig. Und dann sagt er: »Jens hat sich über die Feiertage nicht gemeldet. Wahrscheinlich hat er sie bei seinen Eltern verbracht. Und von Christine wusste ich auch nichts, außer, dass sie bei meiner Großmutter ausgezogen und in ein 1-Zimmer-Apartment in München eingezogen war. Es herrschte Stille zwischen uns. Es war, als ob es uns drei nie gegeben hätte. Und dann heute, ein paar Tage nach Sylvester, stand Jens plötzlich vor meiner Tür. Ich öffnete und er ging an mir vorbei ohne ein

Wort zu sagen. Er lief in mein Zimmer, ich folgte ihm. Er setzte sich auf mein Bett und fing zu heulen an. Er heulte und heulte und heulte. Er hörte gar nicht mehr auf. Ein bebender, zitternder Koloss. Er hielt sich seine rosaroten Patschhände vors Gesicht. Er schwitzte. Das Wasser lief ihm am Hals herunter und in den Hemdkragen hinein. Ich konnte mir vorstellen, dass es irgendwas mit Christine zu tun hatte. Ich wusste nur nicht was. Ich setzte mich neben ihn. ›Was ist eigentlich los?‹, fragte ich. Jens zog sein Hemd aus der Hose und trocknete sich mit dem Hemdzipfel die Augen. Schnäuzte hinein. Dann begann er zu reden. Er redete nicht wirklich. Es redete aus ihm: ›Sie will mich nie wieder sehen. Sie hat gesagt, sie will mich nie wieder sehen.‹

›Warum?‹, wollte ich wissen.

›Ich weiß es nicht‹, antwortete er. ›Ich habe keine Ahnung.‹

Er hustete. Eine Weile lang blieben wir schweigend auf meinem Bett sitzen. Ich legte meine Hand auf seine Schulter. Er blickte mich an. Auf einmal merkte ich: er sieht mich gar nicht, ich bin gar nicht da. Es waren nicht mehr seine Augen, die mich ansahen. Sie waren nach innen gerichtet. Sein Blick war so, dass er mir Angst machte. Irgendetwas Entsetzliches ruhte hinter seinen Augenlidern. Dann stand er plötzlich auf und packte mich am Handgelenk, sodass es mir weh tat. Und sagte: ›Wir holen jetzt die Sachen, die sie noch bei mir hat, und fahren zu ihr hin. Wir beide.‹ Das war ein Befehl. Wir stiegen in Jens' Auto und fuhren zu ihm. Sein Griff an meinem Handgelenk. Ich musste mit ihm aussteigen. Wir gingen in seine Wohnung, die Wohnung, in der wir auch viel Zeit zu dritt mit Christine verbrachten, wo immer Staub auf dem Boden lag und es immer unordentlich aussah. Sofort, nachdem wir hereinkamen, holte Jens eine Schachtel unter seinem Bett hervor und ließ mich hineinschauen. Und mir wurde schlecht. In der Schachtel waren lauter Sachen von Christine: eine kleine, rote Zahnbürste, Slips, ein Hemd, ein gebrauchter Waschlappen, ein halb volles Parfümfläschchen, ein Kamm, an dem noch Haare von ihr klebten, Faxe, Postkarten ... Verstehst du, es war unheimlich. Jemand sammelt heimlich intime Dinge von einem anderen Menschen. Und sagt mir noch ins Gesicht: ›Das ist die Christine-Schachtel!‹ Und er hält sie vor der Brust, als wäre sie sein einziges, wertvolles Besitztum. Und dann sagte er zu mir: ›Ruf sie jetzt an!‹ Und ich machte das auch. Zuerst rief ich in der Redaktion an, aber da nahm nur ihre Kollegin ab und sagte, dass Christine nach Hause gegangen sei.

›Ruf bei ihr in der Wohnung an!‹, sagte er. Und ich machte auch das. Jemand hob ab.

›Hallo?‹ Sie war es. Aber ihre Stimme klang anders.

›Hi, hier ist Henry. Ich …‹ Sie unterbrach mich:

›Henry, wo bist du?‹

›Ich bin bei Jens. Er will dir dein Zeug vorbeibringen, ich …‹

›Was für Zeug? Ich will nichts. Wenn ich was bei ihm vergessen habe, dann soll er es wegschmeißen.‹ Ihre Stimme zitterte. Ich hatte sie noch nie so panisch erlebt. Sie fing zu schreien an: ›Und du, mach, dass du wegkommst von ihm! Ich bin grün und blau überall. Er hat mich geschlagen. Hörst du? Er hat mich geschlagen. Er ist über mich hergefallen.‹

Jens stand mir gegenüber und während sie das sagte, blickte ich die ganze Zeit in sein Gesicht.

›Hau ab von ihm!‹, schrie sie noch einmal. Dann legte sie auf.

›Sie will das Zeug nicht‹, sagte ich schnell. Er gab keine Antwort. Dann sagte er: ›Wir fahren jetzt zu ihr hin.‹

Er packte mich wieder am Handgelenk und schob mich aus der Wohnung, die Schachtel unterm Arm. Wir stiegen wieder in dieses verdammte

Auto. In dem er sofort aufs Gas drückte. Sein Gesicht zog sich irgendwie zusammen. Man merkte, dass seine Sichtweise immer enger wurde. Rote Ampel. Er fuhr drüber. Jemand bremste. Er beschleunigte tierisch. Ich war gottfroh, als er vor dem Hochhaus, in dem Christine wohnte, hielt. Ich hatte keine Ahnung, was er vorhatte. Wir stiegen aus. Er sagte: ›Du bringst die Schachtel zu ihr hoch, ich warte hier.‹ Und ich tat wie befohlen. Fuhr mit dem Lift nach oben in den vierten Stock und stand vor ihrer Tür. Ich läutete. Niemand öffnete. Aber ich hörte jemanden hinter der Tür atmen.

›Christine?‹, sagte ich. ›Ich bin's, Henry. Ich bin allein.‹

Sie machte auf und schloss schnell wieder die Tür hinter mir. Sie sah wirklich verheerend aus. Man sah ihr an, dass sie geschlagen worden war. Blutunterlaufene Stellen im Gesicht und an den Armen. Sie weinte. Ihr Haar hing ihr wirr in die Stirn. Was bei ihr nie der Fall ist.

Vor ein paar Stunden war er bei ihr im Büro aufgetaucht. Sie ist allein im Zimmer gewesen. Er hat abgesperrt. Er lief herum wie ein Tier. Er packte sie an beiden Händen, hat sie geschüttelt, ihr Schläge verpasst und sie an die Wand geschleudert. Hat ihr in die Bluse gefasst und sämtliche Knöpfe abgerissen.

Sie hat geschrien. Sie hatte auf einmal Todesangst. Dann hörte jemand was und hat gegen die Tür gehämmert.

›Ich brachte es fertig, aufzuschließen‹, sagte sie. Eine Kollegin kam herein, fragte: ›Was ist denn hier los? Dann ist er abgehauen.‹

Sie zitterte, als sie mir das erzählte. Von Kopf bis Fuß.

›Du musst Angst vor ihm haben‹, sagte sie lautstark. ›Der ist nicht zurechnungsfähig. Ich weiß nicht, was er vorhat, was er machen wird. Ich habe ihm nachgeschrien, dass ich ihn nie mehr sehen will. Nie nie mehr. Dass ich die Polizei rufe, wenn er wieder auftaucht.‹ Sie ließ sich erschöpft auf einem Stuhl nieder.

›Ich weiß nicht, was in ihn gefahren ist‹, fuhr sie fort. ›Er hat mir ein Fax geschickt, warum ich gestern nichts von mir habe hören lassen. Dass das keine Freundschaft ist. Du musst wissen, er hat auch mal seinen Vater k.o. geschlagen. Einfach so. Weil irgendetwas nicht nach seinem Kopf ging. Das habe ich dir nie erzählt. Er ist verrückt, Henry. Er ist verrückt. Geh weg von ihm!‹ Dann stand sie auf, gab mir die Schachtel und sagte: ›Schmeiß sie unten in den Müll!‹

Ich ging zur Tür und machte sie auf und da stand

Jens. Direkt vor mir. Mit einem Schrei stieß sie mich hinaus und haute die Tür zu. Ich hörte, wie sie das Türschloss absperrte und den Sicherheitsriegel zuschob. Ich blickte Jens an. Alles wurde still. Als wäre der Moment eingefroren. In seinem Gesicht war in diesem Moment nichts Menschliches, nichts Vertrautes. Sein Gesicht war rot, die Augen waren fast weiß. Und ich dachte, er wird mich umbringen. Er bringt mich jetzt um. So schnell es ging, lief ich an ihm vorbei, die Treppe hinunter. Ich hörte, wie der Lift für ihn anhielt. Ich rannte, die Schachtel mit Christines Sachen warf ich weg, mitten ins Treppenhaus. Der Lift summte. Ich rannte. Und als ich unten war, stand er wieder vor mir. Zog mich mit hartem Griff zum Auto. Ich musste einsteigen, ob ich wollte oder nicht. Ich schwitzte vor Angst, vor Entsetzen. Ich wollte rausspringen. Aber da fuhr er schon los. Er saß da und stierte durch die Windschutzscheibe. Trat aufs Gas. Ampel, Autos, nichts interessierte ihn.

›Ich bringe mich um, weißt du‹, sagte er. ›Aber ich nehme möglichst viele mit. Ich nehme dich mit. Andere. Ich fahre jetzt auf die Autobahn, auf die falsche Spur. Hört sich das gut an? Oder ist dir der Bürgersteig lieber?‹ Er riss das Steuer herum. Fuhr ganz dicht an den Gehweg. ›Schau sie dir an, die ganzen Wichser!‹, sagte er und deutete mit dem Finger auf die Leute, die auf dem Gehweg herumliefen. Es waren hauptsächlich junge Leute. ›Du wirst doch nicht sagen, dass es um einen von denen schade wäre. Dass es um uns schade wäre. Es ist um niemanden schade. Komm, wir fahren zu mir. Ich hab da so ein großes Messer. Wir könnten ein Spiel spielen. Zuerst darf ich das Messer in irgendeine Stelle deines Körpers rammen. Und dann darfst du bei mir das Gleiche machen. Immer schön abwechselnd, wie es Freunde eben so tun. Und wir spielen so lange, bis einer abkratzt. Vorher wird nicht aufgehört. Ich lasse dich nicht aufhören.‹

Ich war zu keinem Gedanken mehr fähig. Auf einmal fing er hinterm Steuer zu heulen an. Er fasste zu mir rüber. ›Du bist doch mein Freund‹, sagte er. ›Freundschaften sind doch wichtig. Wichtiger als alles andere. Freunde trennen sich nie.‹ Und seine Stimme schwappte über: ›Dieser Scheißkarren geht nicht schneller als 180!‹ Mit einer Faust hämmerte er gegen den Tachometer. Ich hatte die wahnsinnige Hoffnung, dass die Polizei auftaucht. Und uns anhält. Ein Auto, das durch die Leopoldstraße rast und in die Hohenzollernstraße einbiegt, dass die Reifen kreischen, muss doch von der Polizei aufgehalten werden. Sonst ist sie doch auch immer da.

Fußgänger sprangen zur Seite, schrien. Das hörte er alles gar nicht. Das nahm er nicht wahr. Plötzlich bremste er. Saß ein paar Sekunden ganz still da. Dann sagte er: ›Wir gehen jetzt was trinken.‹

Er ließ das Auto stehen, machte die Warnlichter an. Mit wankenden Knien ging ich neben ihm in das Lokal. Wir setzten uns irgendwohin. Er sagte mit seiner ganz normalen Stimme: ›Ich habe doch nur dich. Du bist alles, was ich noch habe. Mein einziger Freund. Wenn du weggehst, bin ich verloren.‹ Ich wich seinem Blick aus, murmelte: ›Ich muss schnell aufs Klo.‹ Und als ich die Tür hinter mir zumachte und in dem dunklen Gang stand, der zu den Toiletten führt, hatte ich das Gefühl, entronnen zu sein. Durch einen Nebenausgang rannte ich raus, über einen Hof auf die Straße. Rannte, rannte, rannte. Die Bauchschmerzen packten mich unterwegs. Aber diesmal nahm ich sie kaum wahr. Dass ich in die Hose schiss, merkte ich erst später. Es war mir nicht peinlich, sondern egal. Ich hatte nur einen Gedanken, ein Gefühl im ganzen Körper: rennen. Doch plötzlich blieb ich stehen. Ich dachte an Christine. Und ich wollte zu ihr. Nirgendwo sonst hin. Musste. Unbedingt. Ich hatte eigentlich keine Ahnung, wo es zu ihrer Wohnung ging. Aber daran dachte ich nicht. Ich lief einfach. Ich musste so schnell wie möglich da sein. Ich wollte mit ihr sprechen, in ihrer Nähe sein, sie beschützen. Ich hatte keine Ahnung, ob Jens nicht auch schon auf dem Weg zu ihr war. Oder längst bei ihr auf mich wartete. Ich war noch nie so gerannt. Ich rannte durch die halbe Stadt. In meiner verschissenen Hose. Bis ich endlich zu ihrer Straße kam und das Hochhaus sah. Unten im Treppenhaus blieb ich einige Sekunden stehen und schnappte nach Luft. Ich bestellte den Aufzug, aber er kam einfach nicht. Schließlich lief ich hastig, zwei Stufen auf einmal nehmend, die Treppen empor. Immer wieder brüllte ich ihren Namen. Als ich oben war, hämmerte ich gegen ihre Tür.

›Christine‹, brüllte ich. ›Ich bin's. Bist du da? Christine?‹ Ich merkte, dass jemand dicht hinter der Tür stand.

›Wo ist er?‹, hörte ich ihre Stimme.

›Ich weiß es nicht‹, antwortete ich, froh darüber, dass er nicht bei ihr war. ›Ich bin abgehauen. Machst du auf?‹

Sie antwortete nicht.

›Ich liebe dich‹, sagte ich auf einmal. ›Ich liebe dich so sehr. Hörst du, ich weiß nicht, was ich tun soll. Ich weiß nicht, wohin ich gehen soll. Ich weiß nur, dass ich bei dir sein will. Für immer. Ich werde dich nie allein lassen, Christine. Das ist sicher. Weißt du, es gibt einfach keinen Ort, an den ich gehen könnte. Es existiert einfach kein Ort. Ohne dich. Ich will bei dir sein.‹

Ich hämmerte wieder gegen die Tür.

›Hörst du mich? Christine? Lässt du mich rein?‹

›Er wird hierher kommen‹, sagte sie.

›Das ist mir egal‹, entgegnete ich leise. Und dann flüsterte ich, mehr zu mir selbst als zu ihr: ›Ich bin bei dir, ich bleibe bei dir.‹

Ich streichelte mit der flachen Hand die Tür. Dann drehte ich mich um und lehnte mich mit dem Rücken dagegen. Langsam rutschte ich an ihr herab, bis ich schließlich auf den Boden saß. Die Scheiße wurde gegen meinen Arsch gepresst. Mein Hintern brannte.

›Lässt du mich rein?‹, fragte ich wieder.

›Es ist vorbei, Henry‹, sagte sie hinter der Tür. ›Es ist alles vorbei.‹ Aber ich hörte sie gar nicht wirklich. Ihre Stimme klang dumpf und war irgendwie ganz weit entfernt.

›O Gott Christine‹, stammelte ich. ›O Gott, ich liebe dich.‹

›Er wird herkommen‹, sagte sie. ›Halte dich fern von ihm! Geh weg von ihm! Und geh auch weg von mir! Wenn er zu mir kommt, werde ich die Polizei rufen. Und wenn er zu dir kommt, solltest du vielleicht das Gleiche machen. Henry? Bist du noch da?‹

Ich sprang auf und schlug mit der Faust gegen die Tür.

›Mach auf!‹, schrie ich. ›Mach jetzt auf!‹ Ich begann zu heulen. Tränen liefen über mein ganzes Gesicht. Meine Sicht wurde ganz verschwommen. Ich sah die Tür nur noch als etwas Weißes, Schimmerndes vor mir. Ich schlug mit beiden Fäusten dagegen, bis meine Knochen laut knackten und es entsetzlich weh tat. Trotzdem machte ich weiter.

›Lass mich rein!‹, brüllte ich. ›Lass uns zusammen einen Ort finden, an dem wir nicht allein sind. Es muss einen solchen Ort geben. Wir werden ihn finden. Gemeinsam. Mach verdammt nochmal auf!‹

›Hast du nicht mitgekriegt, was sie gesagt hat‹, hörte ich jetzt eine männliche Stimme hinter ihrer Tür sagen. Ich kannte die Stimme nicht.

›Geh nach Hause, Junge! Das ist besser für dich. Du kannst hier nichts machen. Und Christine geht es jetzt gut. Es ist vorbei, hörst du? Es ist vorbei.‹

Als die Stimme verklungen war, sagte ich nichts mehr. Ich stand einfach da. Und dann drehte ich mich um und ging langsam eine Stufe der Treppe hinab und dann noch eine und schließlich lief ich ganz nach unten. Was hättest *du* getan?«

I'm a joker, I'm a smoker, I'm a midnight talker, play my music in the sun, dachte ich. Alte Songs, davon hat er geredet. Und er redet und redet. Mein Kopf ist voll von seinem Gerede. Mandy. Hörst du ihm auch zu? In deiner Dunkelheit? Oder bist du gar nicht hier bei mir? Waren meine Hände doch zu freundlich zu dir? Meine Mutter sagt, ich hätte schöne, schmale Hände. Was wird in Berlin mit mir geschehen? Wer wird auf mich warten? Ich weiß es nicht. Aber zum ersten Mal in meinem Leben weiß ich genau, warum ich irgendwohin fahre.

Ich greife mit einer Hand nach meiner Hose, die auf dem Boden liegt, ziehe sie zu mir her und krame mein Telefon aus der Tasche. Beim Einschalten leuchtet das Display grün. Die Stimme der Mailbox sagt: *Sie haben acht neue Nachrichten, erste neue Nachricht: empfangen …*

Ich schalte das Telefon ab und stecke es zurück in die Hosentasche.

Seine Stimme:

»Ich fuhr mit der U-Bahn nach Hause. Es war tierisch angenehm. Meine Hose, die voller Scheiße war, alles an mir stank nach Scheiße und ich saß da mit geweiteten Augen und sah mich unterbrochen nach Jens um. Zu Hause war niemand. Darüber war ich verdammt froh. Ich ging sofort ins Badezimmer, zog meine verschissenen Sachen aus und schmiss sie ins Waschbecken. Dann ging ich in die Badewanne. Während ich drinnen lag, starrte ich die ganze Zeit auf mein Duschgel, mein Shampoo, mein aufgehängtes Handtuch, meinen aufgehängten Bademantel. Alles war da. Und ich war im Wasser und war nicht tot. Auf einmal klingelte es an der Tür. Gleich darauf klingelte es noch einmal. Mir wurde in diesem warmen Wasser eiskalt. Und ich stieg aus der Wanne und tappte mit nassen Füßen und angehaltenem Atem ganz leise ins Wohnzimmer ans Fenster. Schaute hinunter auf die Straße. Dort stand sein Citröen. Es klingelte noch dreimal und dann dauerte es eine ganze Weile und der Citröen fuhr weg. Ich musste mich hinsetzen. Die Gedanken peitschten durch meinen Kopf. Was sollte ich jetzt machen? Ich dachte an meinen Vater. Der in irgendeiner verfluchten Stadt war und nie erreichbar ist. Mit ihm hätte ich gern gesprochen. Mit meiner Mutter nicht. Meine Mutter kriegt schon Panik, wenn alles in Ordnung ist. Geschweige denn, wenn ich ihr diesen Tag erzähle. Ich musste weg. Das war der einzige klare Gedanke, den ich fassen konnte.

Ich war ganz sicher, bald wird er wieder unten stehen. Oder vor der Tür. Es wurde schon dunkel. Er wird warten, bis das Licht hier oben angeht. Oder bis meine Mutter vom Buchladen nach Hause kommt und sagt: ›Ach Jens, du! Komm doch mit rein!‹ Er würde mich wieder ins Auto zerren. Fahren wir in einen Lastwagen? Oder spielen wir Geisterfahrer auf der Autobahn? Hm? Ich stand auf, und plötzlich wusste ich, was ich tun würde: Ich fahre nach Berlin, mit dem nächsten Zug. Weil ich dort jemanden habe, bei dem ich übernachten kann. Bei einer Freundin meiner Mutter. Eine mit einem Blumenladen. Und einer riesigen, alten Wohnung. In Berlin wird er mich nicht suchen. Vielleicht bleibe ich länger dort. Vielleicht für immer. In München gibt es ohnehin nichts, das mich hält. Gar nichts. Ich holte einen Zettel und schrieb ein paar Zeilen für meine Mutter: *ich muss für ein paar Tage weg, ich rufe dich an, Henry.* Ich brauchte Geld. Unter meinen Weihnachtsgeschenken waren auch ein paar Kuverts gewesen. Von den Großeltern, von meinem Vater, von diversen Tanten. Mit Geld drin. Die lagen noch in der Schreibtischschublade in meinem Zimmer. Ich nahm die Scheine heraus. Zusammengerechnet waren es genau 850 Mark. Ich packte ein paar Sachen in meinen Rucksack. Ich bestellte per Telefon ein Taxi. Ging im dunklen Treppenhaus hinunter.

Ich hatte Angst, dass er schon da sein würde. Jens. Die Straße war aber leer. Ein paar Schneeflocken fielen ins Laternenlicht. Das Taxi hielt.« Henry zögert. »Na ja, und dann stieg ich in den Nachtzug«, sagt er. Und fügt hinzu:

»Ich fahre eigentlich gern Zug. Aber das ist keine schöne Reise für mich.«

»Für mich auch nicht. Das kann man so sagen.«

»Kennst du den Roman *Jakob der Lügner* von Jurek Becker?«, fragt er. »Ein großartiger Roman. Kannst du dich an den letzten Satz erinnern: Wir fahren, wohin wir fahren?«

»Ja«, sage ich. »Wir fahren, wohin wir fahren.«

Mein Mund ist ganz trocken.

Wir schlafen noch ein wenig. So gut es eben geht. Bis es klopft. Und von draußen die Stimme der Zugbegleiterin ertönt: »Hallo? In vierzig Minuten erreichen wir Berlin-Wannsee. Frühstück ist im Speisewagen hergerichtet.«

Ich mache die Tür einen Spalt auf und sage: »Danke. Wir holen uns gleich etwas.«

Henry fragt: »Gehst du oder geh ich?«

»Ich wollte sowieso mal kurz hier raus«, antworte ich. »Ich gehe. Was willst du?«

»Croissant und Kaffee, bitte!«, sagt er.

Ich schlüpfe in meine Jeans. Als ich mich in Richtung Tür bewege, hebt Henry nochmal seine Stimme.

»Paul?«, fragt er. Ich bleibe stehen. »Habe ich dich mit meiner Geschichte gelangweilt?«

»Nein, das ist alles schon in Ordnung«, sage ich, ohne mich zu ihm umzudrehen. »Was wolltest du nochmal? Ein Croissant, oder?«

»Ja.«

Ich verlasse das Abteil und gehe den leeren, schmalen, schlingernden Gang entlang in Richtung Speisewagen. Ich habe Mühe das Gleichgewicht zu halten. Ich stütze mich rechts und links an den Wänden ab. Mir ist schlecht. Ich habe die ganze Zeit seiner Geschichte zugehört. Und währenddessen die Bilder nicht aus meinem Kopf bekommen. Die Bilder, die mich quälen, seit ich vor vier Tagen aus Berlin weggefahren bin. Ich habe versucht, sie abzustellen. Aber es ging nicht. Mandy. Mandys Gesicht. Ihr wunderschönes Gesicht. Und wie es aussah, als sie dalag. Auf dem Bett. Bevor ich sie verließ. Ihr Gesicht war weiß. Und ihre Augen waren auch ganz weiß. Und ich habe sie liegen gelassen.

Ich komme in den Speisewagen. Zu der Frau

hinter der Theke sage ich: »Ein Croissant, ein Salamibrötchen und zwei Kaffee!« Sie gibt mir ein Tablett und ich mache mich mit dem Tablett auf den Rückweg. Es ist jetzt noch schwieriger, das Gleichgewicht zu halten und gleichzeitig den Kaffee nicht auszuleeren. Auf halbem Weg verbrenne ich mir die Finger.

Mandy. Ich habe sie im *Bel Ami*, dem luxuriösesten Bordell von Berlin kennen gelernt. Das ich mir eigentlich natürlich nicht hätte leisten können. Wenn mich nicht so ein reicher Typ mitgenommen hätte. Ihm bin ich in einem Tabledance-Laden in der Nähe vom Stuttgarter Platz begegnet. Ein älterer Mann in schwarzem Anzug mit Krawatte.

»Komm«, sagte der, »wir gehen zusammen woandershin. Ich zeig dir einen Laden, wo man richtig was zu sehen kriegt! Ein Paradies! Ich lade dich ein.«

Wir fuhren mit dem Taxi dorthin. Das Paradies war eine weiße Villa in Charlottenburg, hell erleuchtet. Admiralstraße 14. Der Türsteher, ein kleiner, kurzhaariger Mann, auch in schwarzem Anzug mit Krawatte, ließ uns hinein. Ich hatte das Gefühl, ich betrete ein goldenes Schloss. Mit Sofas und Sesseln in Rot, goldene, riesige Spiegel, goldene Bar, golden schimmerndes Kerzenlicht. Aber das eigentliche Gold waren die Mädchen, die überall herumsaßen, standen, durch den Raum schwebten, als würden sie den Boden gar nicht berühren. Außer Dessous trugen sie nichts. Ich hatte so etwas noch nie gesehen. So viel Schönheit auf einem Haufen. Ich dachte, ich werde wahnsinnig. Ich gehe hier nie wieder weg, dachte ich. Der Typ, der mich hergeschleppt und sich mir als Frank vorgestellt hatte, lachte. Er schlug mir auf die Schulter.

»Na, da bläst es dich um, oder?«

Wir setzten uns in eine Ecke. Ich starrte durch die Gegend. Mir war auf einmal alles egal. Es war mir egal, dass ich irgendwo in einer verdammten, leuchtenden Villa saß. Mit einem alten Typen, den ich nicht kannte. Es war mir egal, dass ich mich nirgendwo zu Hause fühlte, nirgends, wohin ich auch ging. Dass alles so wahnsinnig entfernt zu sein schien. So weit weg. Ich wollte nur noch mit einem solchen Mädchen zusammen sein.

Diverse Mädchen traten an unseren Tisch und fragten, ob sie uns Gesellschaft leisten könnten. »Natürlich«, sagte Frank.

Er bestellte zwei Flaschen *Veuve Cliquot* Champagner und die Mädchen nannten ihre Namen und hockten sich alle zu uns. Die Bardame kam und schenkte die ganzen Gläser voll.

»Auf was trinken wir?«, fragte Frank.

»Auf die Nacht«, sagte eines der Mädchen.

»Okay, auf die Nacht!«

Wir stießen alle miteinander an. Mandy saß mir gegenüber. Ihre Haare waren lang und braun und ihre Augen so wie Vergissmeinnicht. Sie hatte ganz schmale Augenbrauen. Sie trug einen schwarzen BH, Tanga, schwarze Netzstrümpfe. Ich musste sie die ganze Zeit anstarren. Der schattige Strich zwischen ihren Brüsten. Ihr zartes Schlüsselbein, aus dem ein schmaler, graziler Hals wuchs. Ihre Haut glänzte überall, als wäre sie eingeölt worden. Ich wollte unbedingt ihr Schlüsselbein berühren. Ich wollte für den Rest meines Lebens nur noch ihr Schlüsselbein berühren.

»Du siehst so unglücklich aus«, sagte Mandy auf einmal zu mir.

»Was?«

»Ich sagte, du siehst unglücklich aus. Bist du unglücklich?« Ihre Augen bekamen einen sanften Schimmer.

»Na ja«, begann ich, »ich ...«

»Du bist doch noch so jung«, unterbrach mich eine Rothaarige, die links neben mir saß. »Wenn man noch so jung ist, kann man gar nicht unglücklich sein. Du hast doch noch gar nichts erlebt. Das weißt du nur noch nicht. Du hast keine Ahnung, was Probleme sind. Die Probleme, die du jetzt hast, sind doch gar keine Probleme. Das ist alles banales, unwichtiges Zeug.« Sie kicherte. Trank noch einen Schluck Champagner.

»Ich bin mit dem Kerl nicht hierher gekommen, damit ihr mit ihm über seine Probleme redet«, meinte Frank lachend.

»Heute haben wir keine Probleme. Heute geht es uns himmlisch. Oder, Paul?«

»Ja«, antwortete ich.

»Mandy?«, fragte er.

»Was?«

»Wie geht es uns?«

»Himmlisch.«

»Genau.«

Er drehte sich zu einem anderen Mädchen um. Das war schon ziemlich besoffen. Sie besah sich ihr Champagnerglas von allen Seiten. Hob es in die Höhe und schaute es von unten mit ihren stieren Augen an.

»Vivien! Wie fühlst du dich?«, fragte Frank.

»Himmlisch«, sagte sie gedehnt. Frank lachte. Mandy beugte sich nach vorne. Sie spreizte die Beine und drückte ihre beiden Handflächen dazwischen auf den Stuhl. Ihre Brüste wurden zusammengedrückt. Ich bekam einen Ständer. Er presste sich gegen meine Jeans. Sie war so wunderbar. Während ich sie anguckte, stellte ich mir vor, dass sie meine Freundin wäre. Unsere Blicke trafen sich. Ihre Augen leuchteten.

»Du bist so jung«, sagte sie. »Normalerweise sind keine jungen Männer hier. So gut wie nie.« Sie nippte an ihrem Champagner. Stellte das Glas vorsichtig auf den Tisch zurück. Sie fuhr sich mit der Zunge über die Lippen. Das ist meine Freundin, dachte ich. Mandy. Sie wird für immer bei mir sein. Für immer. Wenn ich mit ihr zusammen bin, wird die Dunkelheit nie wieder bedrohlich sein. Und ich wollte sie auf der Stelle ficken. So ficken, bis es nichts mehr zu ficken gab. Und ich konnte das ja auch. Deswegen war ich hier. Aber das fühlte sich alles seltsam an. Denn ich wollte nicht nur jetzt bei ihr sein. Mandy, meine Mandy.

»Weißt du, ich bin auch manchmal unglücklich«, sagte sie. »Aber nie so lange.«

»Warum?«, wollte ich wissen. »Was machst du denn dann dagegen?«

»Ich stelle mich vor den Spiegel und schminke mich.« Ein leises Lächeln huschte über ihr Gesicht. »Das solltest du auch mal probieren.«

»Ja, danke für den Tip. Das versuche ich mal.«

»Wie geht es uns?«, brüllte Frank in diesem Moment wieder freudig. »Hm, Paul? Sag, wie geht es uns?«

»Na himmlisch.«

Er fragte Vivien, wie es ihr ginge. Sie lag inzwischen praktisch auf ihm. Beantwortete die Frage und fing dann laut zu lachen an.

»Glaubst du, dass wir alle mal abgeholt werden?«, fragte ich an Mandy gerichtet. »Von irgendjemand? Der uns von der Erde fortbringt? An einen anderen Ort? Einen Ort, wo wir keine Angst mehr zu haben brauchen? Wo wir nie wieder Angst zu haben brauchen? Wo wir vielleicht darüber aufgeklärt werden, warum wir so sind wie wir sind? Wo wir uns selbst akzeptieren können. Wo es warm ist?«

Mandy antwortete nicht. Nach kurzer Zeit sagte sie:

»Du hast so kleine Ohren! So kleine, zarte Ohren!«

Dann sah sie mich mit ihren lichtdurchglänzten Augen an. Lass uns zusammen sein, dachte ich. Lass uns auf ewig zusammen sein. Wir saßen noch eine Zeit lang da. Und dann krallte sich Frank Vivien und noch ein anderes Mädchen und sagte:

»Lass uns jetzt mal loslegen! Komm, Paul!« Mandy nahm mich an der Hand. Wir gingen zu fünft in den Poolraum. Ein riesiges Schwimmbad. Und daneben ein riesiges Wasserbett. Gedämpftes Licht, nur das schimmernde Blau, das aus dem Wasser des Pools aufstieg.

»Wie lange?«, fragten die Mädchen.

»Zwei Stunden«, antwortete Frank.

Die Bardame brachte Champagner. Und goss die Gläser voll. Wir zogen uns alle wie auf Kommando aus. Ich wäre fast umgefallen, als Mandy hinter sich griff, um ihren BH auszuhaken. Die beiden anderen Mädchen hüpften aufs Wasserbett. Sie legten sich auf den Rücken. Die eine sah argwöhnisch auf ihre eine Brust hinunter.

»Kommst du jetzt endlich«, sagte Vivien. Und Frank legte sich zu ihnen. Ich glotzte Mandy an. Ihr Anblick war unfassbar. Ihr ganzer Körper leuchtete wie ein Lichtkristall. Ich glotzte auf ihre Titten, die von den Spitzen ihrer Haare gestreichelt wurden, auf ihre schmale Taille, den Bauchnabel, die dunklen Schamhaare. Sie waren zu einem Pfeil rasiert. Ich wusste nicht, was ich machen sollte. Einfach dastehen mit einem Steifen an der freien Luft. Es war mir recht, dass sie mich ins Wasser zog. Sie tauchte unter. Richtete sich wieder auf. Wasser lief aus ihren Haaren. Sie schüttelte den Kopf, rieb sich die Augen. Schob ihre

Schultern zurück und fuhr ihre Brüste aus. Wasserperlen auf ihrer Haut, die aussahen, als würden sie tanzen. Mir wurde schwindelig. Ich wollte unbedingt selbst zu Wasser werden und an ihrem Körper haften. Die Bardame hatte zwei Gläser auf den Schwimmbadrand gestellt. Wir nahmen sie und stießen an.

»Weißt du, wie süß du bist«, sagte sie. Nahm mir das Glas aus der Hand und stellte es mit ihrem Glas auf den Rand des Pools zurück. Dann drückte sie sich an mich. Mir kam es schon fast. Ich zitterte. Langsam strich ich mit einem Finger über ihren Bauchnabel. Ihre Haut fühlte sich unter Wasser ganz weich an. Ich starrte auf das zitternde Hellblau des Wassers. Meine ganze Sicht wurde auf einmal hellblau. Mandy sagte: »Und jetzt wirst du abgeholt. So, wie du es dir vorhin vorgestellt hast. Du wirst abgeholt von einer Wasserprinzessin. Die dich dort hinbringt, wo es warm ist. Verdammt warm. Und feucht.«

Sie tauchte unter und presste ihre Lippen gegen meine Brust. Sie kam wieder hoch. Mit der einen Hand machte sie sich an meinem Schwanz zu schaffen. Ich konnte augenblicklich nicht mehr stehen. Rutschte. Kurzzeitig verlor ich den Boden unter den Füßen. Sie rieb meinen Schwanz mit ihrer Hand immer schneller und schneller. Und sah mich dabei lächelnd an. Mein Körper krümmte sich. Hitze peitschte durch ihn. Ich ließ meinen Kopf nach hinten aufs Wasser sinken. Da hörte sie mit dem Reiben auf. Drehte sich ruckartig im Wasser um und presste ihren Hintern gegen meinen Penis. Sie nahm meine Hände und führte sie zu ihren Möpsen. Ich wäre fast gestorben. Das fühlte sich so verdammt wunderbar an. Mandy lehnte sich zurück. Ihr Hintern bewegte sich ständig.

Ich küsste ihr die Schulter. Leckte ein paar Wassertropfen ab. Ihre Haut roch leicht nach Chlor. Ich äugte über ihre Schulter, um die Titten ganz sehen zu können. Ich presste sie zusammen. Irgendwann ließ sie von mir ab und schwamm langsam zu den Stufen, die in den Pool führten. Ich folgte ihr. Sie drückte mich auf eine der Stufen. Setzte sich auf mich. Sie griff nach unten und hielt meinen Schwanz fest. Ich fühlte, wie ich in sie eindrang. Ihr Becken pulsierte. Ich fühlte mich großartig. Ich liebe dich, dachte ich. So sehr.

Kurz bevor ich kam, hob sie sich von mir weg und ich spürte wieder ihre Hand an meinem Schwanz. Alles an mir zuckte, ich spritzte ab. Mein Sperma floss ins Wasser als weiße Spur. Als ob ein Fisch gelaicht hätte. Der Typ, der nach uns in diesen

Poolraum kam, hatte bestimmt seine Freude daran. Aber das war mir egal.

Dieses Bild von ihr und mir in diesem blauen, irisierenden Wasser. Ihre nassen Haare. Ihr Gesicht. Ihre Brüste, die wie zwei Halbkugeln auf dem Wasser schwammen. Dieses Bild, das ich immer immer immer im Kopf habe. Und auch jetzt, während ich mich durch den Zuggang hangle mit dem blöden Tablett und aufpassen muss, dass der Kaffee nicht überschwappt. Ich drücke mit dem Ellbogen die Türklinke von unserem Abteil hinunter.

»Endlich Kaffee!«, ruft Henry begeistert.

Wir sitzen zusammen auf meinem Bett und trinken und essen. Das obere Bett haben wir zugeklappt. Hinter dem Fenster ist es noch immer dunkel. Keiner von uns sagt etwas. Plötzlich fragt Henry: »Sehen wir uns später in Berlin einmal?«

»Ich glaube nicht«, antworte ich. Ich kann ihn dabei nicht ansehen. Eine unangenehme Stille entsteht. Sie dauert lange an. Schließlich fragt er etwas anderes: »Bist du eigentlich auch so sehr in irgendein Mädchen verliebt?«

»Ja.«

»Und was ist das für ein Mädchen?«, möchte er wissen. Ich zögere.

»Sie heißt Mandy«, sage ich dann. Eine Stimme ertönt aus dem Lautsprecher: »In Kürze erreichen wir Berlin-Wannsee.«

Ich hatte gar keine Ahnung, was die zwei Stunden im *Bel Ami* kosteten. Frank zahlte danach mit Karte an der Bar. Er wollte mich nach Hause bringen, aber ich sagte, ich gehe lieber zu Fuß. Vom *Bel ami* bis zu meiner Wohnung sind es ungefähr zwei Stunden zu Fuß. Aber ich wollte lieber allein sein. Ich wollte ungestört an sie denken. Wie wunderbar sie war. Es war kalt, aber ich spürte es nicht. Zum ersten Mal fand ich es schön, einfach so durch die Straßen zu laufen. Ein Mondsplitter leuchtete am Himmel.

Am nächsten Tag ging ich wieder hin. Es genügte, dass ich dem Türsteher sagte, ich sei ein Freund von Frank. Er ließ mich hinein. Drinnen war alles genauso wie am Tag zuvor. Das gleiche goldene Geglitzer. Die gleichen traumhaften Frauen. Aber es war voller als am Tag zuvor. Diverse Typen liefen durch die Gegend, fläzten sich in Sesseln, standen an der Bar. Fast alle waren alt und trugen Anzüge. Rauchten, tranken, grölten. Ich blieb in der Mitte des Raumes stehen und blickte mich nach Mandy um. Ich sah sie nirgends. Vivien kam auf mich zu. Sie hatte ein langes, schwarzes, durchsichtiges Kleid an.

»Hi«, sagte sie.

»Ich will zu Mandy«, sagte ich.

»Warte, die sitzt da drüben!«

Ich sah sie jetzt. Sie saß auf dem Schoß von einem Mann und trank Champagner. Der Mann sah relativ gut aus. Mandy hatte einen hellblauen Tanga an und einen hellblauen BH. Ich setzte mich auf einen Sessel und wartete. Ich sah, wie der Typ an ihr rummachte. Und irgendwann gingen die beiden in den ersten Stock. Vivien setzte sich zu mir.

»Willst mit mir gehen?«

»Nein.«

Aus dem ersten Stock kam ein Mädchen torkelnd hinunter, wechselte ein paar Worte mit Vivien und ging. Vivien sagte zu mir: »Weißt du, die war jetzt sechs Stunden mit einem da oben. Sechs Stunden Champagner saufen. Sie ist fix und fertig.«

Es dauerte ewig, bis Mandy und dieser Typ aus dem ersten Stock zurückkamen. Inzwischen waren sämtliche Gäste gegangen. Und auch alle Mädchen. Nur noch ich war da. Mit einem Wein vor mir.

Die Bardame und der Türsteher, der jetzt auch auf einem Sessel in meiner Nähe saß, in einer Zeitschrift blätterte und ab und an ein paar Worte mit der Bardame wechselte. Mandy torkelte neben dem Typen her zur Bar. Der zahlte, sagte bis bald und ging. Dann drehte sie sich um und kam zu mir. Ich sprang sofort auf.

»Mandy«, sagte ich, »ich …«

»Ich hab dich schon gesehen, sagte sie. Ihre Augen waren ganz betrunken. »Warum bist denn nicht mit einem anderen Mädchen hochgegangen? Du hast doch gemerkt, dass ich beschäftigt bin. Du willst doch nicht jetzt etwa noch hochgehen?«

»Ich wollte nur mit dir reden«, sagte ich.

»Weißt du‹, sagte sie, »ich bin jetzt fertig für heute. Und ich will ins Bett. Und die wollen jetzt auch ins Bett.« Sie deutete auf die Bardame und diesen bescheuerten Türsteher. Sie zögerte kurz. Dann fragte sie: »Was willst du denn eigentlich von mir?«

»Bitte Mandy«, sagte ich, »ich muss unbedingt mit dir reden. Jetzt auf der Stelle. Aber nicht hier. Lass uns kurz woandershin gehen. Lass uns nach draußen gehen, bitte!«

»Also gut«, sagte sie. »Wenn es unbedingt sein muss.«

Sie gab den beiden Bescheid. Schwang sich so einen glänzenden purpurfarbenen Mantel über, band den Gürtel zu, aber so, dass noch ganz viel Haut zu sehen war. Auch ihre Brüste und der BH schauten noch darunter hervor. Sie torkelte wieder zur Bar, holte sich eine Zigarette und eine Packung Streichhölzer. Dann gingen wir nach draußen vor die Tür. Es war tierisch kalt. Es schneite. Mandy versuchte sich hinter vorgehaltener Hand die Zigarette anzuzünden. Es dauerte, bis es ihr gelang. Sie machte einen Zug und blies den Rauch hoch in die Luft. Ich stand ihr gegenüber und konnte erst einmal nichts anderes tun, als sie anzustarren. Wie sie dastand. Mit ihren Stöckelschuhen auf dem schneegepuderten Boden. Ihre langen Beine, kaum vom Mantel bedeckt, begannen zu zittern. Sie umschlang ihren Oberkörper mit beiden Armen. Und löste diese Stellung kaum merklich, wenn sie an ihrer Zigarette zog.

»Ich liebe dich«, sagte ich. Der Atem war vor meinem Mund zu sehen. »Und ich will mit dir zusammen sein. Für immer.«

»Was?«

»Ich sagte, dass ich dich liebe. Du bist das Leuchtendste, das mir je in meinem Leben begegnet ist. Und obwohl mich so tiefe Nacht umgibt, bringst du mich, in dem Moment, in dem du auftrittst, ebenfalls zum Leuchten. Und das ist nicht nur jetzt so. Das wird immer so sein. Wir gehören zusammen. Ich werde alles für dich tun. Und du wirst auch nicht mehr in dieses scheiß *Bel ami* gehen. Du wirst bei mir sein. Und es wird keine Nacht mehr geben. Nie mehr.«

Sie sah mich völlig entgeistert an.

»Was redest du da?«, sagte sie. »Es ist verdammt kalt, ich stehe hier rum und friere mir den Arsch ab und du redest so einen Mist. Ich werde nicht bei dir sein. Ich werde nie bei dir sein. Ich werde dir jetzt sagen, was ich vom Leben erwarte: Weißt du, was jeden Abend für Leute ins *Bel ami* kommen? Wichtige Leute, reiche Leute, Stars. Politiker, Künstler, Filmtypen, Musiker, Manager und so weiter. Der Sänger von Southern Comfort kommt zum Beispiel immer hier vorbei, wenn er in Deutschland ist. Der steht auf mich. Der hat mich auch auf Konzerte mitgenommen, verstehst du, ich will mit so jemandem zusammen sein, mit jemand Bedeutendem, der Kohle hat. Und mir einen tollen Lebensstandard bieten kann. Das ist meine Chance. Und solche Leute kommen in Massen hierher. Und so einer wird mich hier auch herausholen. Und nicht du! Der wahrscheinlich von seinem Papa noch jeden

Monat sechshundert Mark aufs Konto überwiesen bekommt. Was bist du überhaupt? Student?«

Sie ging wieder hinein. Und sagte über die Schulter:

»Und außerdem gefällt es mir hier.«

Ich verbrachte den Heiligen Abend in meiner Wohnung. Zusammen mit meinem Mitbewohner Randall. Und die Weihnachtsfeiertage ebenfalls. Wir zündeten überall Kerzen an. Wir lagen herum, tranken, manchmal redeten wir. Meistens nicht.

Sylvesterabend: Alle sprachen vom Euro. Manche trugen sogar Euro-Kostüme. Und auf den Straßen war richtig viel los. Die verfrühten Raketen sausten krachend und pfeifend an den Häuserwänden hoch. Ich hatte das Gefühl, dass ich erschossen werde, wenn ich nicht schnell genug renne. Als ich gegen zehn Uhr im *Bel ami* ankam, ließ mich der Türsteher wieder hinein. Girlanden hingen drinnen unter der Decke, Luftballons, Luftschlangen. Überall standen Tabletts mit vollen Champagner-Gläsern. Die Mädchen liefen herum wie glitzernde Weihnachtsbäume. Mandy saß auf einem Sofa mit einigen anderen Männern und Frauen. Sie trug ein goldenes Kostüm. Sie sah wunderschön aus. Stimmung, Champagner, Gekicher, Gefummel. Ich trat an diese Runde heran.

»Was willst du denn schon wieder hier?«, fragte Mandy.

»Kann ich noch einmal mit dir sprechen? Ganz kurz?«

Sie nahm die Hand von dem, der neben ihr saß, von ihrem Oberschenkel und sagte: »Okay.« Und zu den anderen am Tisch: »Bin gleich wieder da.«

Sie ging mir voraus die Treppe hinauf in den ersten Stock. Sie hatte die Haare hochgesteckt. Ich blickte die ganze Zeit auf ihren schmalen Hals. Sie machte eine Zimmertür auf. Wir gingen hinein. Sie setzte sich auf das Bett, schlug die Beine übereinander.

»Und?«, fragte sie.

Zehn Minuten später ging ich die Treppe wieder hinunter. Ging durch den Saal, in dem die ganzen Leute saßen und lachten, und holte mir ein Glas Champagner. Ging am Türsteher vorbei, hinaus auf die Straße. In der Ferne hörte man die Raketen und das ganze andere Zeug krachen. Ich machte ein paar Schritte die Straße hinunter, blieb stehen und trank das Glas in einem Zug leer. Dann schmiss ich es mitten auf die Straße. Es war Sylvester.

Am nächsten Morgen fuhr ich mit dem Zug nach München zu meinen Eltern. Mein Zimmer dort gab es ja nicht mehr, das wurde für andere Zwecke verwendet, also schlief ich im Arbeitszimmer meiner Mutter. Und abends standen die Kiwi-Scheiben da.

»Bitte, Paul«, sagt Henry. »Ich würde es gern wissen. Warum können wir uns in Berlin nicht sehen? Weil du mich nicht ausstehen kannst?«

»Es hat nichts mit dir zu tun«, antworte ich. Ich zögere, bevor ich fortfahre: »Ich bin vor etwas weggelaufen. Aber jetzt kann ich nicht mehr weglaufen. Es geht nicht mehr.«

»Aber bist du sicher, dass wir uns nicht sehen können? Ich meine, das wäre doch bestimmt toll, wir könnten zusammen ins Kino gehen, oder uns einfach treffen, um zu reden. Wir könnten Freunde sein.«

»Nein.«

Er schweigt kurz. Dann fragt er:

»Hat es etwas mit der Geschichte zu tun, die ich dir erzählt habe?«

Ich schüttele den Kopf.

»Okay«, sagt er. »Wenn es eben so ist, ist es so. Aber ich wollte dir auf jeden Fall sagen, dass ich diese Zugfahrt nicht so schnell vergessen werde. Das war die außergewöhnlichste Zugfahrt, die ich je erlebt habe. Und ich werde bestimmt noch ewig irgendwelchen Leuten davon erzählen. Ich bin froh, dass du in diesem Abteil warst. Dass ich dich kennen gelernt habe.«

»Danke«, sage ich. »Ich werde diese Zugfahrt auch nicht so schnell vergessen.« Und füge nach einer Weile hinzu: »Pass auf dich auf!«

Wir lächeln uns an. Die Stimme aus dem Lautsprecher sagt:

»In Kürze erreichen wir Berlin-Zoologischer Garten.«

Henry und ich nehmen unser Gepäck und gehen auf den Gang. Draußen die Lichter der noch dunklen, schlafbefangenen Stadt. Die beiden Mädchen, die in der vergangenen Nacht auf den Gang gefallen sind, stehen auch da. Der einen lächle ich zu, sie lächelt zurück.

Schweigen. Nur das Geräusch, das der fahrende Zug von sich gibt. Der wird immer langsamer.

»Jetzt sind wir also in Berlin«, sagt Henry irgendwann leise.

»Ja, jetzt sind wir in Berlin«, wiederhole ich.

Der Zug fährt in den Bahnhof ein. »Man kann die Gedächtniskirche sehen!«, ruft er begeistert und deutet aus dem Fenster. Der Zug hält, die Räder schleifen im Geleise. Ich spüre die Schlaufe der Tragetasche, die in meine Schulter drückt. Wir steigen aus. Es ist so mild. Die Luft riecht nach Bahnhof. Geschrei. Leute fallen sich um den Hals. Das Geräusch der Rollkoffer, die von irgendwelchen Menschen hinter sich hergezogen werden. Henry neben mir. Zwei Männer lösen sich aus der Menschenmenge. Ganz vorn am Gleis. Kommen auf uns zu. Der eine trägt eine braune Parkajacke, der andere einen grauen Mantel. Der eine zeigt eine Marke.

»Sind Sie Paul Wielandt?«, fragt er.

»Ja.«

»Wir müssen Sie festnehmen, Herr Wielandt. Sie sind verdächtig, die Prostituierte Luise Sheffler erwürgt zu haben.«

Henry sieht mich vollkommen entgeistert an. Die Kinnlade fällt ihm herunter. Auf seinem Gesicht ein riesiges Fragezeichen. Er hatte den Rucksack noch nicht auf den Rücken geschnallt. Lässt ihn jetzt zu Boden fallen. Die beiden Männer nehmen mich in ihre Mitte. Ich drehe mich noch einmal nach ihm um. Einer der Männer packt mich sofort an der Schulter.

»Ist schon gut, verdammt! Ist schon gut! Ich will ihm nur etwas sagen.« Er lässt mich los. Die beiden bleiben aber ganz dicht in meiner Nähe. Ich trete zu Henry. Er blickt mich an.

»Ich bin eben kein Erzähler wie du«, sage ich.

Benjamin Lebert
Crazy

Roman
Gebunden

»Es ist ein zärtliches, uneitles, ein ganz und gar erstaunliches und wunderbares Buch von einem hochtalentierten, sehr jungen Autor.« *Elke Heidenreich im Spiegel*

»Ein kleines Kunstwerk«
Ingrid Müller-Münch in der Frankfurter Rundschau

»Ein bemerkenswerter Erstling, denn Lebert gestaltet seinen Stoff literarisch und bildet ihn nicht bloß ab.«
Sven Boedecker in der Woche

»Ein Bericht aus dem Herzen der Finsternis«
Willi Winkler in der Süddeutschen Zeitung

»So prägnant hat noch keiner das Drama Jugend auf den Punkt gebracht.« *Christian Seidl im Stern*

»Dieser verdammte kleine Supermann kann zum Beispiel die Schwärze eines nächtlichen Himmels so verzweifelt schön und traurig beschreiben, daß man denkt, es hätte noch nie ein anderer vor ihm getan.«
Maxim Biller in der FAZ